書下ろし

初代北町奉行 米津勘兵衛⑪

寒月の蛮

岩室 忍

祥伝社文庫

目次

第十九章　武家の定め

第一章　彦一《ひこいち》の指

ついに彦一《ひこいち》は島流しを覚悟した。

お豊《とよ》に手を出してしまったことを悔《く》やんでいる。

朝、いつものように平三郎《へいざぶろう》と奉行所の前で勘兵衛《かんべえ》が出てくるのを待った。

彦野文左衛門《ひこのぶんざえもん》が先頭で北町《きたまち》奉行の行列が出てきたが、馬上の勘兵衛は二人に目もくれずに江戸城に向かった。

「彦一、今日もお許しがないな。望みがないか……」

「親分、仕方ないです」

「島流しで済むよう願ってやる」

「お願いします」

盗賊歌留多《かるた》がお銀《ぎん》だったことで、彦一はお弓《ゆみ》を嫁にすることも団子屋《だんごや》も御用聞《ごようき》きになることもあきらめた。

その日の午後、北町奉行所の前に武家の娘が現れた。

「門番殿、こちらに長野《ながの》さまという与力《よりき》の方がおられると聞きました。そのお方にこれをお渡し願います」

娘は胸元から紙包みを出して門番に渡した。

「しばらくお待ちください」

門番が走って行って半左衛門《はんざえもん》に紙包みを渡すと、すぐその娘を連れてくるようにと命じられた。

娘が砂利敷《じゃりじき》に通されると半左衛門が出てきた。

「そなたは武家の娘だな？」

「はい！」

凛《りん》とした気品のある娘だ。

「武家であれば、そこはそなたの座るところではない。少々話を伺《うかが》いたいので上がってくださらぬか？」

半左衛門は自分の部屋に娘を連れて行った。

「名も身分も聞かないが、この札をどこで拾われたのかお聞きしたい」

「それはわたくしの札でございます。拾ったものではございません」

「いや、それは聞かなかったことにしましょう」

その娘は鉄砲組《てっぽうぐみ》の岩室《いわむろ》家のお銀だった。

半左衛門は顔を見て娘がどうしたいと言っているのかを考えた。武家の若い娘が歌留多を持ってきてもにわかには泥棒《どろぼう》とは思えない。

「そなたは何のためにこの札をお持ちになったのか？」

「はい、彦一という者の罪を許していただきたいと思います」

「ほう、彦一をご存じか？」

「幼い頃の仲間にございます」

「なるほど、その彦一のために自首したいということかな……」

「はい、昨夜、その彦一に捕まりましたが放免されました。その時に彦一がお奉行さまに申し訳ないことをしてしまったと聞きました」

「そうか、彦一は幼馴染《おさななじみ》のそなたを放免したのだな？」

「はい、死罪でも遠島《えんとう》でも仕方ないと言いますので逃げるように言ったのですが、真っ当に生きる最後の機会で、逃げて暮らすのはもう嫌だと言いました。それではその罪をわたくしが代わろうと思いまして伺いました」

お銀が彦一とのことをきっぱりと言った。

「そういうことか、この件はわしには判断できない。お奉行にお聞きしてまいる。しばらくここで待つように……」

「はい……」

お銀は潔《いさぎよ》く覚悟を決めて出てきた。

自分のために家まで取り潰《つぶ》されるようなことはないだろうと思う。もちろん身分まで明かそうとは思わない。

いざとなれば死ぬ覚悟もできている。武家の娘は自害の方法を知っていた。

義賊《ぎぞく》だとは思わないが自分の忍びの腕に溺《おぼ》れていたと後悔はしている。最初は悪戯《いたずら》のつもりの盗みだったが止《や》められなくなった。たとえ一両でも他人の物を奪えばそれは大罪だ。

そんなことを考えながらお銀が座っていると、半左衛門が勘兵衛と部屋に入ってきた。

「お奉行さまだ！」

「はい！」

お銀が勘兵衛に平伏した。勘兵衛はあまりに若い娘が座っているのに驚いた。

「顔を上げなさい」

「はい……」

「話は聞いた。歳《とし》は言えるか？」

「二十三歳にございます」

「出戻りか？」

「はい、嫁《とつ》ぎましたが離縁状をいただきましてございます」

「子は？」

「ございません」

勘兵衛ははきはきと賢《かしこ》い子だと思った。大身《たいしん》の家の娘ではないとわかったが、娘が盗賊では家は間違いなく取り潰される。ここは慎重に取り扱うべきだ。おそらく死ぬ覚悟できたことは想像できる。罪を問われたら自害する覚悟だろうと思う。

「そなたはここで捕らえられても、今夜中に牢屋《ろうや》から抜け出す技を持っているのだな？」

「はい、ですが逃げません」

「彦一のことか？」

「はい……」

「あの男はわしのご用聞きだが、少々、女に甘いので困っているのだ。大きなしくじりをする前にどこまで変われるか見ておる。だが、病《やまい》の女好きは治りそうもないのでどうするか考えておるところだ」

「彦さんは女にやさしいのでございます」

「それが困る。女にも悪党はいるからな……」

お銀は自分のことを言われたようでニッと微笑《ほほえ》んでうつむいた。

「そなた、あの男の悪癖《あくへき》を直す方法を知らないか？」

お銀は顔を上げてニコリと笑った。

「お奉行さま、嫁をもらえば治るのではないでしょうか？」

「それはな、わしも考えた。だが、嫁をもらっても女好きの悪癖は治らないというぞ」

「はい……」

お銀が困った顔でまたうつむいてしまった。

男の女好きは堪《こら》え性《しょう》がないのだ。いい女を見ると浮気の虫が蠢《うごめ》くという厄介《やっかい》この上ない悪癖なのだ。

「彦一は気持ちの曲がっていない使える男だ。そなた何《な》んとか方法はないか？」

盗賊の女にご用聞きの女癖を、なんとかしろという北町奉行の米津《よねづ》勘兵衛とは、得体《えたい》の知れない怪物だとお銀は驚いた。

「彦一はわしが見込んだ男でな、平三郎という親分に一年の約束で預けたのだ。このままではわしの目は節穴《ふしあな》だったことになるのだ。困っている。そなたはいいところに現れた。わしを助けろ……」

お銀が顔を上げて勘兵衛をみつめた。驚きと困惑とお銀の顔は何がどうなっているのだと複雑だ。盗賊の罪を問うことなく北町奉行が手を貸せと命ずる。この奉行はどんな人なのだと思う。

「なにか彦一が懲《こ》りることを考えてくれ……」

そういうと勘兵衛がニッと笑った。お銀はどういうことなのかわけがわからなくなった。歌留多の罪はどうなるのだ。

「そなたは帰って良い。彦一のことを頼んだぞ！」

「あのう、わたくしの罪は？」

「ん、あの札のことか？」

「はい……」

「誰か、名無しが拾って届けたのであろう」

「それでは困ります」

「わしも困る。捕らえてもその日のうちに牢から抜け出されてはな」

「そのようなことはいたしません」

「保証はあるか？」

勘兵衛がにやりと笑った。

「そのような悪党は牢に入れるより、世間という大きな牢獄に閉じ込めるに限るのだ」

「申し訳ございません……」

お銀は両手で顔を覆って泣いた。負けた。勘兵衛は黙って席を立つと奥に消えた。

「お奉行さまのお気持ちをよく考えてもらいたい」

そう言って半左衛門が見送りお銀は奉行所を出た。お銀の心は感動で揺れていた。この世の中にはあのような人がいるのかと思う。大権現《だいごんげん》さまが北町奉行を命じた米津勘兵衛とはどんな人なのだ。

「彦さん、あの人を困らせたら殺すからね……」

お銀は狐《きつね》にでも憑《と》りつかれたように、ブツブツ言いながら四谷《よつや》に向かった。逃げきれない世間の牢獄にお銀は閉じ込められた。

何んと自分は小さな人間なのだとお銀は恥ずかしい。

どうすればあの人との約束を果たせるのだと考えながら歩いている。

その夜、お銀は医師の石庵《せきあん》を連れて彦一の幽霊長屋に現れた。

「彦さん、いるかい？」

「おう、お銀さんか……」

戸が開いて彦一が顔を出した。

「お入りよ……」

「うん……」

お銀と石庵が彦一の家に入った。

「誰なんだい？」

「お医師……」

「どうして？」

彦一は怪訝《けげん》な顔でお銀に聞いた。お銀の顔は怒っている。

「今日、お奉行所で米津さまにお会いした」

「えッ、なぜお奉行と？」

「自訴《じそ》したんだ」

「自訴？」

「お奉行さまが彦さんのことをなんとかしてくれとおっしゃったのだ」

「おれのことか？」

「彦さんはひどい人だ。あんないい人を裏切るなんて人でなしだよ！」

「そうなんだ。わかっているんだな……」

「お奉行さまに頼むと言われりゃ何とかするしかない！」

「どうするんだよ？」

彦一が危険を感じて身を引いた。

「殺したいところだが、それじゃ可哀《かわい》そうだ。その指を一本もらいに来た。二度と女に手を出さないという証《あかし》の指だ」

「ゲッ、それは痛いよ！」

「当たり前だ。あたしが彦さんを許してほしいと願ったら、お前さんが改心したという証が欲しいと言われたのだ。その指をくれ……」

「そんな……」

彦一が手を懐《ふところ》に入れて指を隠した。

「じゃ、その首にするか？」

お銀が帯に挟《はさ》んだ短刀を抜くと袋から出して鞘《さや》を払った。

「左手の小指でいい。潔くしなさいよ！」

「そんなこと言ったって、今すぐ斬《き》るのか？」

「あたり前でしょ、ぐずぐず言うんじゃないよ」

「お銀さん、ちょっと待ってくれ！」

「そういう愚図だから、彦さんは女の尻《しり》について行くんだ。しゃきっとしねえかい！」

怒っているお銀がお滝《たき》のような伝法《でんぽう》な口ぶりになってきた。

「指一本で真っ当に生きられんだぜ、彦さん！」

「そうなんだけど、痛いだろう指を斬るのは？」

「痛くないように、スパッとやるから安心しなさいよ」

医師がニコッと笑ってうなずいた。

「本当か？」

彦一は薄暗い灯りの中で笑う医師の顔が怖かった。

「大丈夫ですから、わたしが指を縛《しば》ってあまり血が出ないようにしますので

「……」

「痛いよ、きっと……」

「そりゃ、チクリとします」

「彦一ッ、観念しねえかッ！」

お銀が怒った。

こうなったら彦一も覚悟するしかない。お銀はお奉行の代理で指を斬りに来たようなものだ。手ぶらでは帰らないだろう。考え抜いてお銀は彦一の指を病を治す証にすると決めたのだ。荒っぽいことだがお銀らしい考えである。

「くそッ、仕方ねえ、スパッとやってくれッ！」

彦一が左手を出して目を瞑《つむ》った。医師の石庵は手早く指を縛って血止めをすると、板の台に指を乗せてお銀の短刀でズブッと指を斬り落とした。

「ギャーッ！」

脳天まで走る激痛に彦一が叫《さけ》び、ひっくり返りそうになった。その肩をお銀がつかんだ。歯を食いしばって痛みに耐えるしかない。

「しっかりしなッ、血は出ていねえからッ！」

医師が彦一の左手を布でぐるぐるに包《くる》んだ。

「今夜は痛むが血止めがうまくいった。すぐ治る。明日の夜、見に来るから……」

「頼む。痛いよ……」

「彦さん、この指はお奉行さまにお届けする。真っ当になるんだぜ！」

「うん、お銀さんはいい女だなあ……」

「馬鹿《ばか》ッ！」

彦一の女好きは指の一本ぐらいでは治らない。お銀は彦一の指を懐紙《かいし》に包んで懐《ふところ》に入れた。

「もらって行くからね」

「痛いよ……」

「ふん、神田明神《かんだみようじん》の団子屋の娘さんに面倒を見てもらうんだね」

「お弓か？」

「そう、彦さんの嫁は苦労しそうだわ」

そういうとお銀は医師と二人で幽霊長屋を出た。そのすぐ後、彦一は一人では心細くなり神田明神のお浦《うら》の茶店《ちやみせ》に向かった。

お弓に甘えるつもりだ。

この男は頭の中の女の釘《くぎ》が抜けてしまっている。こういう女に甘い男は世間のあちこちにいるものだ。

翌日、お銀が北町奉行所の前に現れた。

「門番殿、お奉行さまとのお約束の品をお届けに上がりました。与力の長野さまにお渡しいただければわかります」

お銀が懐紙に包まれた彦一の指を門番に渡した。

「よろしくお願いいたします」

そう言って頭を下げると門前から立ち去った。

門番が届けた紙包みを開いて半左衛門が仰天《ぎようてん》した。大慌《おおあわ》てで勘兵衛の部屋に飛び込むと懐紙の包みを渡した。

「ゆ、指でございます！」

「指？」

勘兵衛が包み紙を開いて指を確認した。喜与《きよ》とお澄《すみ》が気味悪そうに腰が引けている。

「昨日のかるた札の女が届けてきたようです」

「その女は？」

「門前から帰ってしまいました」

「この指は誰の指だ。爪《つめ》が伸びているな。女の指ではないようだ？」

「彦一の指でしょうか？」

「今朝も平三郎と門前にいたが気づかなかったが、おそらく彦一の指で間違いないだろう」

「これで勘弁してくれと？」

「うむ、彦一は痛かったであろう」

「はい、指を斬り落とすのは……」

「こんなことで彦一の悪癖は治るとも思えないが、あの娘の必死さがわからぬでもない」

「それではお許しを？」

「今夜、平三郎を呼んでくれ……」

「はッ！」

　その日、四谷の甲賀《こうが》組役宅に帰ったお銀はそのまま寝込んでしまった。事態は意外な方向に展開することになる。

第二章　憎からず

その夜、呼ばれた平三郎が一人で奉行所に現れた。

すぐ、勘兵衛と半左衛門の三人で密談に入った。

「平三郎、こんなものが奉行所に届いた。こんなものと一緒だ」

平三郎の前にかるたの女王札と、斬り落とされた指が懐紙に載せられて並んだ。

「この指は昨夜、幽霊長屋で斬り落とされた彦一の指と思われますが、この札には心当たりがございませんが例の……」

「実はな、彦一の幼馴染という娘が自訴してきて置いて行ったものだ」

「それでは歌留多という賊は女？」

「女王札だったのよ」

「なるほど、なかなかの洒落《しゃれ》で誰も気づきません」

「わしが見たところ、あの娘は身の軽い忍びではないかと思う」

「忍び？」

「彦一からそれらしいことを聞いたことはないか？」

「忍びの知り合いなど聞いたことがございませんが……」

「お奉行、忍びと言えば四谷の百人組の伊賀《いが》、甲賀、根来組《ねごろぐみ》など？」

「うむ、権現さまの鉄砲組《てっぽうぐみ》だな」

「鉄砲組？」

「うむ、そういうことだ。わしもいい女には少し甘い。彦一だけを叱《しか》れないな……」

「その娘のことが気になるようでありましたら、彦一から聞き出しますが？」

「いや、あの娘はもう動くことはないだろう。それより彦一のことだ。ぼちぼち約束の一年になるだろう」

「はい、彦一は裏表のない男で使えますが、女で失敗するかもしれません」

「この指は効《き》き目がないか？」

「残念ながら、それより神田明神の方が効き目はございます」

「なるほどな……」

「それでは平三郎、おぬしが困るのではないか?」

半左衛門が聞いた。平三郎が身を引きたがっていることを知っている。

「そうですが、彦一をなんとかしないことには……」

昨夜、左手の小指をなくした彦一が大騒ぎしたことなどを話した。

「どうだ。思い切って彦一を独《ひと》り立ちさせてみないか?」

「お奉行さま……」

「人は一人になってわかることもある。彦一はそなたを頼り過ぎているのではないか?」

「はい、それではお許しを?」

「この気持ち悪い指に免《めん》じてな……」

「有り難く存じます。それでは早速に……」

「嫁の当てもあるそうではないか?」

「はい、お弓と言いましてまだおぼこですが、なかなか強情《ごうじょう》ないい女にございます」

「それはおもしろそうだな?」

「神田明神で団子屋をやらせようと考えております」

「うむ、そうしてくれ……」

お銀が彦一の指を斬り落としたことで、彦一は痛い思いをしたが事態が一気に好転した。お弓と一緒になることが本決まりになる。

ところが四谷のお銀の様子がおかしかった。

食が細くなり徐々に本当の病のようになっていった。医師の石庵が毎日お銀の枕元に来て薬を調合する。

お銀の兄岩室宗右衛門《そうえもん》は甲賀組の同心《どうしん》だった。

岩室家は裕福ではないが妻の七重《ななえ》と子の小平太《こへいた》と、出戻りの妹のお銀と四人暮らしで楽しい一家だった。

「石庵殿、あの元気な妹が寝込むとはどうしたことだ？」

「そのことでございますが、お銀さまは病というのではなく、誰か好きな方ができたようでございます」

「なんだと？」

「誰なのかわかりません」

「ちょっと待て、それは本当なのか？」

「ご本人から聞いたのではありませんが、おそらく、間違いないかと思います」

「あの妹が男に惚《ほ》れたとは信じられないことだ」

宗右衛門にしてみれば男勝《おとこまさ》りのお転婆《てんば》を、説得して嫁に出したのだが離縁された。そんな妹が男に惚れたとは考えにくい。

「それとなく聞いてみてくれるか?」

「はい……」

こういうことは結構難しいのだ。七重もまったく気付いていなかった。

「誰なんでしょう。組の人かしら?」

「いや、このあたりの人ではなかろう?」

「でも、そんな方とどこで出会ったのでしょう。ほとんど出歩きませんのに?」

「奥さま、男と女のことは他人のあずかり知らぬこと、どこかで手が触れあったのかも知れません」

「ええ、そうですね……」

「母上、側室《そくしつ》ってなんですか?」

息子の小平太が七重を見上げて聞いた。三人の話からお銀の好きな人のことだと思ったからだ。

「どうしてそんなことを聞くのです?」

「お銀姉ちゃんがその側室になりたいんだって言っていたよ昨日……」

「何ですって？」

「小平太、誰の側室になりたいと言っていたのだ？」

「父上、側室ってなんですか？」

「側室というのはな、お嫁さんの別の言い方だ……」

「そうか、お嫁さんか、お銀姉ちゃんはお嫁に行きたいんだ。それが無理なんで頭が痛いんだなきっと……」

「どういうことだ？」

「側室になりたいけど無理なんだって、それで頭が痛かったり、お腹が痛かったりするんだって言っていた。可哀そうなんだよ」

三人が顔を見合わせて納得したが、誰の側室になりたいのかわからない。側室というからにはそれなりの身分の人だろう。

「誰のお嫁さんになりたいか、聞いていないか？」

「それは知らない……」

小平太が小生意気に大人びた口調で言う。

「父上、聞いてみようか、だけどお銀姉ちゃんにはお嫁に行ってほしくないな？」

　生意気に言う。

「石庵殿、これは難しい病だな？」

「はい、確かに……」

　宗右衛門に無視されて小平太はおもしろくない。石庵が帰ると小平太はお銀の寝所《しんじょ》に向かった。

「姉ちゃん、誰のところにお嫁に行きたいの？」

「どうして？」

「みんな心配しているから……」

「そう、側室になりたいけど無理なんだ……」

「どうしてさ？」

「鬼だから……」

「鬼？」

「うん……」

「鬼のお嫁さんは無理だよ。怖いもの……」

「でしょ？」

「鬼か、お姉ちゃん、鬼は人を食うんだよ」

「小平太、その鬼はやさしい鬼なの、怖くない鬼なんだな……」

「へえ、その鬼はこの江戸にいるのかい？」

「そう……」

「でも鬼じゃ駄目《だめ》だよ」

小平太は鬼と聞いて怖いのだ。

「誰にも言っちゃ駄目だからね。鬼に食われるから……」

「わかった」

兄弟のいない小平太はお銀を大好きなのだ。

「お姉ちゃん、鬼のお嫁さんはやめておいた方がいいよ」

そんな生意気なことを言って小平太が戻って行った。

「あの鬼のお嫁さんか、なりたいなあ……」

お銀は勘兵衛と会ってその人柄に痺《しび》れてしまっていた。だが、そんな側室になりたいなどという願いが易々《やすやす》と叶《かな》うとは思っていない。そんなことを考えると胸がキリキリと痛くなる。世の中には易々と叶う願いと、神田明神や成田山《なりたさん》に願っても叶わないことがあるのだ。

翌朝、お銀の枕元に石庵が現れた。

「ご気分はいかがですか？」

「ええ……」

「少しは食べられましたか、食べないとそのうち起きられなくなります」

「ええ……」

「鬼をお好きになられたとか？」

お銀は石庵を見て小平太はお喋《しゃべ》りだと思う。

「江戸には鬼と呼ばれるお方は何人かおられます。どなたの側室をお望みなのか、この石庵に漏らしていただければお力になりますが？」

「小平太は男のくせにお喋りです」

「はい、幼いながら心配しておられるのです。それは兄上さまも奥さまも同じでございます。お漏らしいただけませんか？」

「石庵……」

「はい、どちらの鬼でございますか？」

「誰にも喋らないと約束するか。兄上にも姉上にも話してほしくない。誰にも知られたくない。漏れれば自害するから……」

「自害、わかりました。お約束いたしましょう」

「そのお方は……」

　お銀はそう思っただけで胸が苦しく泣きたくなるのだ。石庵はお銀が話すのを待っている。

「石庵……」

「はい……」

「北町のお奉行さま……」

「北町？」

　石庵が驚いて聞き返した。お銀は石庵から顔を背《そむ》けて答えない。

「なんとも恐ろしい鬼でございます。その大鬼はとても難しいのでは……」

「石庵、そなたは力になると言ったではないか？」

「はい、申し上げましたが、その鬼は江戸では一番恐ろしい鬼でございますので、少々考えませんと……」

「何を考えるのじゃ？」

「お会いすることも難しいかと思います。どのようにお訪ねするか……」

「長野さまという与力の方がおられる」

「よくご存じで？」

お銀は顔を背けて泣いていた。

「わかりました。お奉行所に行ってまいります」

「石庵、苦しいのです」

「はい、それは病ですから仕方ありません。人を好きになりますと、そのように苦しくなることがございます」

「治るのか？」

「はい、治りますのでご心配なくお休みください。それでは行ってまいります」

「石庵……」

お銀は怯《おび》えたような顔で小娘のように泣いている。幽霊長屋で見せた伝法で気風《きっぷ》のいいお銀はどこかに行ってしまった。

「こういうことは先方さまに当たってみないことにはどうにもなりません。相手は大鬼ですから生きて帰れますか？」

それを聞いてお銀がニッと泣き笑いだ。

その日のうちに石庵が北町奉行所に現れ半左衛門に面会を求めた。半左衛門は毎日訴訟《そしょう》のことや同心の見廻《みまわ》りの差配のことなどもあって忙しいのである。

「四谷の医師だと？」

「はい、石庵と名乗りましてございます」

半左衛門は四谷と聞いてすぐ例の女王札の娘かとピンときた。

「四谷の百人組同心のことかと？」

「おそらく鉄砲組のことだ。すぐここに通せ……」

半左衛門は石庵を自分の部屋に呼び入れて会った。

「突然に伺いまして申し訳ございません」

「奉行所はそんなところだ。気になさるな……」

「恐れ入ります」

「石庵殿と申されたか？」

「はい、四谷の岩室銀さまの使いでまいりました」

「岩室銀？」

「はい……」

「聞かぬ名だが、その方が何用で？」

「唐突でご無礼とは存じますが、誤解のないようご本人の言葉をお伝えいたします。北町奉行の米津勘兵衛さまの側室になりたいと申しております。人を介すべきところでございますが内々に……」

「待て、ちょっと待て！」

半左衛門は間違いなく女王札の娘だと思った。

「その方にはいささか心当たりがある。暫時《ざんじ》、待て、お奉行にお伝えしてまいる」

半左衛門は少し慌てていた。

女のことは厄介だ。このところお澄のこと、お豊のことと続いている。

「お奉行、例のかるた札の娘の使いという医師がまいりました」

「かるた札の使い？」

「はい、お奉行の側室になりたいとか妙なことを申しております」

「側室？」

喜与とお澄の顔色が変わった。お澄などは敵意すら感じさせる険《けわ》しい顔だ。勘兵衛は呼び入れるのはまずいと感じて腰を上げた。

「断るしかないが話は聞こう」

そう言って半左衛門の部屋に現れた。

「お奉行さまである」

「はッ！」

「石庵、話は聞いた。お銀と申したな？」

「はい！」

「確か二十三であったな？」

「どうしてそのようなことをご存じで……」

「わしは鬼と言われる米津勘兵衛だぞ。お銀に伝えろ、二十三では若すぎる。三十になったら考えてもいいとな……」

「お奉行さま、それではお銀さまを……」

「うむ、知っておる。憎からず思っている」

「はい……」

「賢くいい娘だ。いつでも会いにくるがよい」

「ありがとうございます」

石庵はこれでお銀の病が治ると思った。平伏して顔を上げると勘兵衛はもういなかった。

勘兵衛は石庵の様子からお銀の病を察知したのだ。

すべてを飲み込んだ勘兵衛はお銀にまた会ってみたいと思ったのである。泥棒をしたり彦一の指を届けたり、今度は側室になりたいなどと言っておもしろい娘だ。勘兵衛の鼻の下が少し伸びている。

それに百人組とか甲賀組とか鉄砲組とは関係なく、南蛮《なんばん》かるたの女王札の娘として聞いてみたいこともあった。

もちろん彦一のことも聞いてみたい。

勘兵衛は公事のことでいつも多忙だが、まだそんな興味と意欲が衰《おとろ》えていなかった。その興味と意欲が湧《わ》いてくる間は、北町奉行を続けられると思っている。日に日に拡大し繁栄する江戸の町奉行とはそういうものだと思う。人間を好きでないと務まらない。

勘兵衛は生き生きした江戸の人たちが好きだ。

問題ばかり起こす厄介な人たちだが、そこにはもがきながらも困難を跳《は》ね返し、何とか生きようとする必死さがある。

そんな健気《けなげ》さが勘兵衛は好きなのだ。

「いかがなさいましたか？」

喜与が心配そうに聞く。それを怒った顔のお澄が見ている。

「うむ、わしに恋焦《こいこ》がれておるようでな……」

二人にどんなもんだと言っているようなものだ。勘兵衛の自慢顔だ。

「殿さま、それでどのように？」

喜与はお澄に代わって聞いた。お澄は側室になるのは自分が先だと気が気ではない。

「うむ、遊びにまいれと言って、一応やんわりと断っておいた。あまり無下《むげ》に扱うと自害する恐れがあってな。難しいところだ」

「まあ、そんなに思いつめて……」

「それで医師が使いに立ったようだ。兎《と》に角《かく》、若い娘は一途《いちず》になるからな。お澄、そうであろう？」

「はい、お澄はお殿さまが大好きですから、側室はお澄が先でございます」

きっぱり言うと立って行った。

勘兵衛と喜与が驚いた顔を見合わせる。喜与がニッと微笑んだ。

「喜与、若い娘というものは怖いもの知らずだな？」

「はい、そこを殿さまは可愛《かわい》いと思われるのではございませんか？」

「そうだが、あのようにあからさまに言われると恐ろしいものがあるぞ……」

「喜与はそのようにあからさまには申し上げません」

「うむ、それが実に良いのじゃ……」

「まあ……」

何んとものんびりした喜与だ。観音《かんのん》さまになってしまったかと、勘兵衛は喜与を思うことがある。そこにお澄が茶を入れて持ってきた。

勘兵衛の顔を見てお澄がニッと笑う。こぼれるような可愛い笑顔だ。

そこに半左衛門が隠密廻《おんみつまわ》りの島田右衛門《しまだうえもん》を連れて現れた。これまで手柄を立てることもなく、奉行所ではあまり目立たない男だが、近頃、明るくなったともっぱらの評判だった。

「おう、右衛門、新しい妻はどうだ？」

「はッ、このように言っては亡き先妻に申し訳ないのですが、まことに具合が良く、あのような妻を頂戴《ちょうだい》できまして、お奉行には感謝の言葉もございません」

「おい、右衛門、そんなに言うと先妻が焼《や》き餅《もち》を焼いて出てくるぞ。ほどほどにしておいた方がいいのではないか？」

「はい、もう先妻の幽霊が時々出てまいります」

「なんだとッ！」

喜与とお澄が身を引いて怯えた顔だ。幽霊が出るとは穏やかではない話だ。

「そんな気がしておりまして、三人で暮らしていると思っております」

「そういうことか、それなら先妻も成仏《じょうぶつ》だな？」

「はッ、それに妻は長野さまの奥さまにことのほか可愛がっていただいておりまず」

「ほう、あの閻魔《えんま》がお豊を気に入ったか？」

「お奉行、愚妻ではあるが閻魔とは……」

「八丁堀《はっちょうぼり》を仕切っている女閻魔だと聞いたぞ。相当に怖いらしいではないか？」

「そうではございますが……」

「名は忘れたが？」

「お松《まつ》でございます」

「ほう、可愛らしい名前だな？」

「はい……」

半左衛門がにやりと笑う。

「右衛門、お豊という女はな、可愛がれば可愛がるほどいい女になる。わしはそうにらんだからお前に勧めたのだ。お豊のようないい女は得難いのだ。心して当たれ！」

「はッ、肝《きも》に銘《めい》じて相努めまする」

お澄がクスッと笑った。

「吉報《きっぽう》をな？」

「はいッ、頑張りまして何んとかいたします！」

「よし、そうしてくれ！」

あのやんちゃなお豊が収まるべきところに収まった気がする。相性がいいというのは恐ろしいもので、そのお豊が双子を入れて五人もたて続けに子を産むのだから、勘兵衛も考えていなかったことが起きてしまう。

お豊の祖父万吉《まんきち》が生きていたら小躍《こおど》りして喜んだであろう。島田右衛門とお豊は見事に人生を生き直すのだ。

まさに人生というのは邂逅《かいこう》である。

人と人の出会いこそが人生を美しく彩るのである。

そんな邂逅に翻弄《ほんろう》されそうな娘が一人、四谷の甲賀組で燃え上がる恋の炎に苦しんでいた。

「石庵……」

お銀は石庵の話を聞くのが怖いというような怯えた顔だ。

「よろしいですか、あちらさまのお言葉をそのまま申し上げますので、気持ちを強く持ってお聞きください」

「石庵……」

お銀は起き上がろうとする。寝たまま勘兵衛の言葉を聞いてはいけないと思った。石庵の腕をつかんで起き上がった。

「お奉行さまの申されるには、なぜかお銀さまのお歳をご存じで二十三では若すぎる、三十になったら考えてもいいということです」

「そんな、三十だなんて……」

「きっと、あまりお若いと夜のお務めが難儀《なんぎ》なのです」

「えッ！」

石庵の言葉にお銀はカッと体が熱くなった。

「石庵！」

怒った顔でにらんだ。

「いや、これは医者としての石庵の見立てにございます。当たらずとも遠からず、実はお奉行さまはお銀さまを知っておられる。憎からず思っていると申されましたので、やはり難儀なのでございます」

「石庵ッ、本当にあのお方が憎からずと申されたのか？」

「はい、賢くいい娘だとも申されました」

「憎からずと……」

お銀の胸はドキドキと鼓動で張り裂《さ》けんばかりになった。死んでしまいそうだ。

「憎からずと……」

高鳴る鼓動を両手で強く抱きしめる。

「ここからが大切なことで、いつでも会いにくるがよいと申されました」

「なんですと？」

「いつでも会いに来いと……」

「本当ですか？」

「はい、いつでも会いに来ていいと……」

「ああ、もう死んでもいい、石庵、毒はありますか？」

「はい、ございますが……」

「飲ませて、この幸せのままに死にたい……」

「それは、お奉行さまに抱いていただいてからでも遅くないと思いますが？」

「もう、何も言わないで石庵……」

「はい……」

どこか違う世界に飛んで行ってしまった女忍者に、石庵は困った顔でうなずくとそっと立って部屋から出て行った。

お銀は泣いた。

こんなうれしいことは二十三年の人生の中でなかった。

そこへ石庵と入れ替わりに小平太が入ってきた。

「小平太の馬鹿……」

「なんだよいきなり！」

「だって馬鹿なんですもの……」

「お姉ちゃん、なんだかおかしいよ？」

「そう、お銀ちゃんはおかしくなっちゃったの、幸せなんだもの……」

「本当に大丈夫かい？」

「大丈夫じゃない……」

「鬼と何かあったのか？」

「そうなの、鬼に食べられたいの、幸せなんですもの……」

「お姉ちゃん、もう駄目なんじゃないのか、鬼にいかれちゃったんじゃねえかよ?」

「やさしい鬼なんだな……」

「しっかりしなよ、お姉ちゃん。困っちゃうな……」

小平太がいつものように生意気に言う。だが、本気でお銀のことを心配している。

「お馬鹿な小平太だけど好きだからね……」

「気持ち悪いんだよお姉ちゃん、しっかりしてくれよ」

「お腹空《す》いた……」

「もう夕方だから……」

お銀は混乱した気持ちを抱いて奉行所に飛んで行きたいが、武家の娘としてそんなはしたないことはできない。もう、充分に不作法をしたのだからこれからはそうはいかない。

「少し先だけど、側室になるんですもの……」

「鬼のお嫁さん?」

「そう……」

「やめておきな。そんな怖いこと！」

「小平太の馬鹿、やさしいって言ったでしょ……」

「だって鬼だろ？」

「うん……」

「お姉ちゃんの方が馬鹿だね。鬼を好きだなんて頭がおかしいんだ」

「このッ、言ったな小平太！」

お銀は生き返った。

好きでたまらない勘兵衛に「憎からず思う……」と言われたのだ。それで気持ちが天に昇《のぼ》らなければおかしなものだ。

ふらふらと立って部屋を出ると夕餉《ゆうげ》の膳《ぜん》についた。

第三章　蕎麦切《そばき》り

望月宇三郎《もちづきうさぶろう》たちが大成果を上げて京から戻ってきた。

手柄は京の所司代板倉重宗《しょしだいいたくらしげむね》のものだが勘兵衛はそれで充分だった。新任の所司代への祝いだと思う。江戸の仇《かたき》を長崎で討《う》つというが、凶悪犯を追い詰めて京で一網打尽《いちもうだじん》にしたのだから、鼻高々で老中《ろうじゅう》に上申するだけだ。

遠からず京の所司代からも仔細《しさい》が老中に報告されるはずだ。

北町奉行米津勘兵衛の江戸では、悪党どもに勝手な真似《まね》はさせないという強い意志を感じさせるだろう。

小五郎《こごろう》一味の決着はついたが、黒川六之助《くろかわろくのすけ》は自分の油断から起きた皆殺し事件だと気持ちが晴れない。そんな六之助が勘兵衛に呼ばれた。

「六之助、ご苦労だった」

「はッ、恐れ入りまする」

「越中屋《えっちゅうや》のことはお前の責任ではないぞ。あの小屋の異変に気付かなかったわしの責任だ。越中屋は親戚の者が引き継いで商売を続けるということだ」

「越中屋がつぶれない？」

「うむ、店の名も越中屋嘉右衛門《かえもん》のままだ。江戸の人たちは判官贔屓《ほうがんびいき》だから越中屋を助けるだろう。心配はないぞ」

「はい……」

お奉行も気にしておられたのだと思うと、重苦しい六之助の気持ちが少し楽になる。

三月になるとお銀に指を取られた彦一がお弓と一緒になった。同時に働き者のお弓が神田明神の門前で団子屋を始めた。

彦一は平三郎の後を継いでご用聞きになり、お浦の店に預けられていた使いっぱしりの小僧卯吉《うきち》が子分になった。

「親分！」

卯吉にそう呼ばれると彦一はうれしくてひっくり返りそうになる。一方、彦一を独り立ちさせた平三郎は高遠《たかとお》に行かなければならないと考えていた。高遠の朝《あさ》太郎《たろう》のこととお絹《きぬ》のことを気にかけてきたが、奉行の勘兵衛に弥栄《いやさか》の彦一を預けられ高遠に行けなくなったのだ。

「お浦、お頭が心配だ。高遠に行ってくるよ」

「お絹ちゃんも心配なんだろ？」

「まあな……」

「戻ってくるよね？」

「ああ……」

「行ったきりは嫌だからね？」

「わかっている」

お浦は平三郎をお絹に取られそうで心配なのだ。だが、そうなったらお長《ちょう》と生きて行こうと思っている。お浦とお絹は姉妹のようなもので、二人が平三郎を好きになって子を産んだのだから仕方がない。

間もなくして隠居した平三郎が武家の格好で、腰に名刀孫六兼元《まごろくかねもと》を差して高遠へ旅立った。

神田明神で旅の無事を祈ってから、平三郎は甲州《こうしゅう》街道に出るため内藤新宿《ないとうしんじゅく》に向かった。

お絹が待ちくたびれて角を生《は》やしているかもしれないと思う。

久しぶりの高遠行きだ。

この頃、中山道《なかせんどう》の信濃本山《しなのもとやま》宿《しゆく》で生まれた蕎麦切《そばき》りという食べ方が広まって、中山道と甲州街道を伝って徐々に江戸に向かっていた。蕎麦は麦の一種と考えられていて蕎麦《そばむぎ》と言うのが正しい。

その歴史は養老《ようろう》七年（七二三）の記述にあるほど古かったが、上流階級の貴族や僧侶には蕎麦が食べ物だという認識すらなかった。

百姓《ひやくしよう》たちが蕎麦を飢饉《ききん》の時に備えてわずかに植えている程度だった。

おいしい食べ物だとは思われていなかった。

平安期に藤原道長《ふじわらのみちなが》の甥《おい》で歌人の道命《どうみよう》は旅に出て、蕎麦の料理を出され「食膳に据《す》えかねる料理」とびっくり仰天している。

とても食べられるものではないということだろう。

その蕎麦を紐《ひも》状に細く切って汁に浸《ひた》して食べる、後の盛り蕎麦やざる蕎麦のような食べ方は新しく江戸期になって、醬油《しようゆ》が生まれその用途が広がったことで、信州《しんしゆう》の蕎麦切りがおいしく食べられるようになった。

食膳に据えかねると言われた蕎麦が蕎麦切りになって、香ばしい醬油汁と抜群に相性がよく爆発的に流行し、江戸も中頃になると、蕎麦切りの三枚や五枚を食べられねえようじゃ、江戸っ子じゃねえということになる。

葱《ねぎ》でも油揚げでも卵でも大根でも茸《きのこ》でも天ぷらでも山菜でも、どんな食材とでも合うのが蕎麦の変幻自在なところだ。

美味《うま》い上に安いとくれば願ったり叶ったりだ。

元禄《げんろく》期には蕎麦食いなどと言う粋《いき》がった人々が続々と現れる。

この蕎麦切りの誕生は天正《てんしょう》二年（一五七四）に木曽《きそ》大桑村《おおくわむら》の定勝寺《じょうしょうじ》の進物だったともいう。江戸ではこの翌年の元和《げんな》八年（一六二二）十二月の松屋《まつや》の茶会で珍しい蕎麦切りが振舞われた。

寛永《かんえい》十九年（一六四二）には幕府が飢饉《ききん》対策のため蕎麦切りの売買を禁止にする。だが、庶民は力強い。翌年の寛永二十年には蕎麦切りの製法が発表されてしまう。

江戸の人々は幕府に負けていないのだ。

それから間もない元禄二年（一六八九）に、二度目の蕎麦切り（つなぎを用いた）製法が発表され、どこもかしこもズルズルズルと、なんともうるさい江戸の蕎麦文化が大爆発する。

宝永《ほうえい》三年（一七〇六）には江戸の蕎麦切りが、国元に帰る武士たちによって

「江戸の流行《はや》りは何と言っても蕎麦切りに限る」と、全国にたちまち伝播《でんぱ》して行った。

「婆《ばあ》さん、蕎麦切りをくれるかね？」

「へーい……」

諏訪茅野金沢宿《すわちのかなざわしゆく》の茶屋で平三郎が鼻水の垂《た》れる婆さんに願った。

平三郎は手打ちの蕎麦切りが、婆さんの鼻水で仕上がるまで銀煙管《ぎんギセル》を抜いて一服つけた。ここに来るまで平三郎は二度蕎麦切りを食べてきた。

鼻水仕立ての婆さんの蕎麦切りは美味そうだ。

「あれ、小頭《こがしら》！」

「おう、茂平《もへい》じゃねえか、この茶屋はお前の茶屋か？」

「へい、婆さんと二人でやっておりやす」

「そうか？」

「これから高遠へ？」

「そのつもりだ。朝太郎お頭は達者か？」

「へい、ですが丑松《うしまつ》さんが亡くなりまして……」

「なんだって？」

「雪山で滑ってきた丸太の下敷きになって、可哀そうに……」

「山仕事の事故か？」

「そうなんです。お頭とお留《とめ》さんは気落ちしてもう駄目かと思いました。お絹さんが産んだ男の子が力になったようです。孫ですから……」

茂平はお絹の産んだ子が平三郎の子だとは知らない。だが、その孫が朝太郎の生き甲斐《がい》になったことを子分たちは喜んでいた。

「そうか、お頭とお留さんは元気なんだな？」

お留は朝太郎の後妻で丑松の母親だった。その落胆《らくたん》ぶりが平三郎にはわかる。

「この頃はその孫と一緒に五郎山《ごろうやま》へ登って行きます」

「それは有り難《がた》いな……」

「へい、小頭、今夜はここに泊まって行ってくださいな？」

「そうだな……」

「おい婆さん、小頭だよ！」

「なに？」

「小頭だ！」

耳が遠いようで「小頭か？」と言いながら顔を出した。

「あら、平三郎の小頭、刀なんか差してお武家だと思いました」

「この格好だと胡麻《ごま》の蠅《はえ》が近づかないのよ」

「確かに。爺《じい》さん、蕎麦を頼む……」

「うん……」

「小頭、爺さんに聞いたかい、丑松さんのこと？」

「聞いた」

「雨太郎《あめたろう》さんを亡くし、丑松さんを亡くしてお頭ががっくり来ていたんだ」

「そうだってね、茂平に聞いた」

「歳を取ると子どもに先立たれるのが身に応《こた》えるのよ」

「そうだな……」

「今夜、泊まって行きなよ。あたしの大好きな小頭だ。うまい酒をご馳走《ちそう》するからさ？」

「世話になるか？」

「爺さん、小頭がお泊まりだよ！」

「おう、それは良かったな婆さん……」

茂平もお熊《くま》も朝太郎の古い子分だった。小頭の平三郎の下で働いていた。そんな者たちが甲斐《かい》、信濃、木曽、伊那谷《いなだに》には何人もいる。

この旅で三度目の蕎麦切りを食べたが、やはりお熊の蕎麦切りが一番うまかった。信濃を出た蕎麦切りは色々工夫されて味はそれぞれだ。まだ、その味が定まっていない。

「お熊、この蕎麦切りだが何か混ぜているのか？」

「さすが小頭だ。山芋《やまいも》を少し混ぜて食べやすくしたのさ……」

「汁は？」

「汁は醬油だが昆布《こんぶ》や魚や椎茸《しいたけ》などで美味くしたのさ……」

「なかなかいい味だ」

「そうかね……」

「この蕎麦切りと汁の作り方を教えてくれないか？」

「小頭が蕎麦切り屋でもするのかい？」

「実はなお熊、お浦が江戸の神田明神で茶屋をやっているんだ」

「それ頭に聞いたよ」

「そのお浦にやらせようかと思うのだ。蕎麦切りは美味い食い物だからな」

「お浦さんが茶屋を、そこで蕎麦切りを。いいですよ」

お熊が蕎麦切りの作り方を平三郎に伝授することになった。

平三郎はその夜、蕎麦切りを馳走になりながら、茂平とお熊から子分たちがどこで何をしているかを聞いた。

「みんな元気そうだな？」

「それもお頭と小頭のお陰《かげ》です」

「みんなお頭のところに顔は出しているのか？」

「へい、猪之助《いのすけ》以外は……」

「猪之助がどうした？」

「行方不明なんです」

「いつから？」

「一年半ほど前から突然姿が見えなくなりました」

「仕事に戻ったのか？」

「そうかもしれないです。蕎麦切りが好きでよく食べに来たんですが……」

「そうか……」

子分の中にはどうしても真っ当な世間に適応できずに、盗賊の仕事に戻って行く者も考えられた。猪之助はそんな一人なのかもしれないと平三郎は思う。中山道や甲州街道で仕事をしているのだろう。

捕まれば死罪か遠島は間違いない。

夜遅くまで話を聞いて寝ると、翌朝はゆっくり起きて杖突《つえつき》街道に向かった。峠《とうげ》を越えて高遠城下に入る近道だ。

峠道はまだ整備されておらず、この後、参勤交代が行われることで街道らしくなる。

杖突峠まで登れば藤沢川《ふじさわがわ》沿いに伊那谷へ下って行くだけだ。あまりの急坂で杖を突きながら登り、峠でその杖を燃やして供養《くよう》した。それで杖突峠という。峠の辺りは信州の山脈の一部で、その眺望の美しさから晴ケ峰《はれがみね》とも呼んだ。

諏訪大社のご神体である守屋山《もりやさん》を望むことができる。

別に守矢ケ岳《もりやがたけ》ともいい雨乞《あまご》いの山で、古くから神が怒ると雨が降るとの伝えがあり、干天が続くと村人は山頂の祠《ほこら》を谷底に突き落として神を怒らせたという。

雨が降らないことは村人の生死を分けたのである。

そんな村人の思いを知るや知らずや、信州の山々はまだ残雪を残して輝くばかりに神々《こうごう》しかった。

「おう、伊那谷だ！」

平三郎はこの峠に立つといつも感動する。古谷《ふるや》平三郎元忠《もとただ》に戻る時だ。

織田《おだ》軍五万の大軍に攻められ、わずか三千の武田《たけだ》軍は高遠城に籠《こも》って戦った。二十六歳の若き大将仁科五郎信盛《にしなごろうのぶもり》は勇猛果敢《ゆうもうかかん》に戦いながらも、天は五郎に味方せず敗れた。平三郎の主君である。

その戦で負傷した平三郎は死に損なった。

多くの家臣は五郎を慕って殉死《じゅんし》したが、平三郎には腹を斬る力さえ残っていなかった。

「殿、戻りましてございます」

峠の上でそう亡き主君に挨拶する。

安曇野《あづみの》の森《もり》城から五郎信盛に従い高遠城に移り、織田軍と戦う運命を命じられた時に高遠城を死地と定めた。あれから幾星霜《いくせいそう》、死に損なった平三郎は五郎信盛が眠る五郎山の墓守をする覚悟で生きてきた。

その時が近づいていた。

五郎山の麓に朝太郎の家がある。

夕刻、平三郎がその家の前に立った。家に入るのを躊躇《ためら》うように庭に立って山々の夕景を眺めていた。

その人の気配に気づいたお絹が顔を出した。平三郎だとわかった。

家から出てくると平三郎の傍《そば》に来て一緒に夕景を眺める。

「お帰り……」

「うむ……」

お絹がそっと平三郎の手を握る。

「ここはいいな」

「うん……」

「お頭は元気か？」

「はい……」

「心配したか？」

「うん……」

「奉行所のご用聞きをしていたから戻れなかった」

「ご用聞き？」

「うむ、奉行所の手伝いだ」

「それじゃ、忙しかったでしょ？」

「うむ、今度、若い者に譲って戻ってきた」

「忘れていなかったんだ?」

お絹が皮肉っぽくいう。

「忘れそうだったな」

「まあ……」

お絹がプッと頰《ほお》を膨《ふく》らまして平三郎を覗《のぞ》き込むと、いきなり平三郎がお絹を抱きしめた。「あッ……」とおどろいたお絹が平三郎の首に腕を回して泣きそうになる。

「少し瘦《や》せたか?」

「うん……」

「心配をかけたな?」

「ううん……」

「安太郎《やすたろう》は?」

「腕白《わんぱく》で困っています」

「そうか、お前に似たか?」

「ん……」

「お前も小さい時はやんちゃだった」

「そうなの？」

「うむ、雨太郎さんはおとなしく、お前の方がやんちゃでお頭が困っておられた」

「そうだったかもしれないけど忘れちゃった」

思い当たるお絹がニッと微笑んだ。そこに安太郎が出てきて抱き合っている二人をポカンと見ている。

「安太郎、お父上ですよ……」

お絹が呼んだ。

「うん……」

返事はするが近づかない。お絹を抱いている平三郎をにらんでいた。母を取られた気持ちなのだ。

「安太郎、ここへまいれ！」

「はい……」

お絹は安太郎を武士の子だと言って育てている。刀を差している平三郎を警戒するように見ていた。

「父上か？」

「うむ、久しぶりだな安太郎……」

「うん……」

「大きくなった。来い、抱いてやろう！」

ちょこちょこ走ってくると平三郎に飛びついた。

「おう、重くなった。よく食べているか？」

「はい！」

「安太郎、武士の子は泣き虫や弱虫にやさしくするのだぞ」

「どうして？」

「強い者は弱い者にやさしくしなければならない決まりなのだ。わかるな？」

「うん……」

「安太郎、お父上にうんは駄目です」

「はい……」

平三郎は安太郎を抱き、お絹と家に入っていった。

「おう、平三郎……」

「只今《ただいま》戻りました」

「うん、よく戻った。上がれ、上がれ……」

寒くないように綿入れを着て、炉端《ろばた》で丸まっていた朝太郎が破顔《はがん》、うれしそうな皺深《しわぶか》い顔だ。傍に妻のお留も丸まっている。

「小頭、お帰り……」

「お留さん、茅野で茂平とお熊に聞きました」

「そうかい。丑松のことは仕方ない。太い木が倒れてきたんだそうだ」

「うむ、山仕事は危ないこともある」

「気をつけろとは言っていたんだが、雪に足を取られて逃げられなかったそうだ」

「冬の山仕事はな……」

「お熊の蕎麦切りは美味いだろう。食ったか？」

朝太郎は丑松が亡くなった暗い話を嫌って話柄《わへい》を変える。

「蕎麦切りとはなかなか美味いもので、あちこちでずいぶん食べました。醬油の味とよく合います」

「お熊の蕎麦切りはあの辺りでは一番うまい、あれは汁がいいんだな」

「確かに……」

「おとっつあん、小頭はお奉行所の仕事を手伝っていたんだって……」

「ほう、そうか、それで帰れなかったのか？」

「江戸は日に日に大きくなって毎日のように事件が起きます。この三月、若い者に仕事を譲ってようやく隠居です」

「そうか、それはいい。そろそろ伊那谷に来ないか？」

「そう考えています」

「殿さまがよろこぶな……」

「不忠者ですから……」

「そんなことはない。あの時はあのようにするしかなかった。わしを恨《うら》むな……」

「ええ、助けていただきました」

「五万の大軍では勝てる戦いではなかった」

「そう思います」

二人にとっては忘れられない戦いだった。

第四章　醬《ひしお》

翌朝、朝太郎と平三郎の二人は五郎山に登って行った。

もう、雪は谷間に少し残っているだけで山の雪は消え始めていた。

「今年は春が早いようだ」

「雪が少なかったようで？」

「結構降ったのだが春になると少なかったのだと思う。ここに上ってくるのも少し難儀になってきた」

「そうですか、無理をなさらずに……」

「安太郎がもう少し大きくなるまでは元気でいないとな……」

「はい……」

二人は五郎山の祠にお詣《まい》りした。

この山には織田軍と戦い命を落とした武田軍の火葬された遺骨が眠る。平三郎の同僚たちだ。

ここに五郎信盛の首はない。

戦いに破れて自害した信盛の首は信長のもとに送られ、京に送られて晒《さら》され妙《みょう》心《しん》寺《じ》に引き取られた。

この五郎山には首のない五郎の遺骸《いがい》が村人によって運ばれてきた。

この山は以来、五郎山と呼ばれ伊那谷の守り神となり、やがて高遠城の守り神となる。ちなみに五郎信盛は本来は盛信というが、織田軍と戦うにあたって信長に敬意を払い信盛と変えた。礼節を知る男である。

信玄《しんげん》の息子の中でただ一人、最後まで織田軍と戦った武将だった。

ここに帰るのが平三郎のただ一つの望みである。仁科五郎信盛の家臣としてその末席に加わりたいと思う。

「ここから見る高遠がいい……」

朝太郎が少し曲がった腰を伸ばした。

「いつ帰るのだ？」

「しばらくは……」

「お絹の奴《やつ》が寂しがってな」

「申し訳ございません」

「久しぶりなのだ。少しは夫婦らしくしてやってくれ」

「はい……」

平三郎には朝太郎の気持ちがわかる。

長男の雨太郎を亡くし次男の丑松を亡くして残るわが子はお絹だけなのだ。その朝太郎の寂しい気持ちを支えているのがまだ幼い安太郎だと思う。

そのお絹と安太郎と三人で山や川に出かけて遊んだ。平三郎は二人に父親らしいことはこれまで何もしていない。

何をしてやればいいかもわからない。断崖にある高遠城の下を流れる三峰川《みぶがわ》の水はまだ冷たかった。

平三郎は一ヶ月は高遠で暮らそうと思っていた。

戻ってきたばかりで江戸へ帰るなどといったらお絹に殺《じ》されそうだ。そのお絹は江戸のお浦のことを忘れていない。平三郎を独り占めにはできないとわかっている。

「お絹、わしはそのうちここに帰って来ようと思う」

「うん……」

「いいのか？」

「お浦は江戸で暮らすことになろう」

「そう、お浦ちゃんは？」

「お浦のものはお絹のもの、お絹のものはお浦のものだと聞いたぞ？」

「うん……」

「わしもずいぶん軽いもんだな？」

「仕方ないでしょ、そうなっちゃったんだから？」

お絹がニッと微笑んだ。どうしてこんな風になったんだろうと思う。お浦の持ち物を欲しがるのはいつもお絹の方なのだ。

「二人に好かれて果報者か、わしは？」

「そう、二人ともいい女でしょ？」

「ああ……」

「気のない返事ですこと……」

「そうでもない……」

平三郎は河原の石に腰を下ろして、安太郎が一人遊びをしているのを見ている。傍にお絹が立って話していた。

その時、河原にバラバラっと三人の男が走ってきた。

「安太郎ッ！」

お絹が呼んで、走ってきた安太郎を抱きしめると平三郎が立ち上がった。三人は匕首《あいくち》を振り回している。

「猪之助ッ！」

お絹が叫んだ。

「おうッ、お絹姐《ねえ》さんッ、こ、小頭ッ！」

驚いた猪之助がペコリと平三郎に頭を下げる。肩や顔を斬られているようで血だらけだ。安太郎が驚いて男たちをにらんでいる。

「どうしたのだ？」

平三郎が三人に近づいて行った。

「お武家には関係ねえッ！」

「いや、この猪之助はわしの子分だった。話を聞こう！」

「猪之助の親分かッ？」

「この野郎がおれたちの小判を持ち逃げしやがったッ！」

「違うッ、おれの取り分だッ！」

「馬鹿野郎ッ、てめえの取り分は三両《りょう》だッ。その懐には他に十両がとこ入っているはずだ。こそ泥《どろ》めッ！」

「この十両もおれの取り分だッ！」

「野郎、叩《たた》き殺すぞッ！」

「待て、待て、悪さをして取り分のもめ事だな？」

「そうなんで、この野郎が約束より多い取り分を持ち逃げしたんだ」

「違うって言ってんだろう」

「てめえッ！」

「わめくなッ！」

平三郎が三人を叱った。わずか十両の取り分でもめるとは情けない奴らだ。ケチなこそ泥たちだ。

「猪之助、全部出せ！」

「小頭……」

「いいから全部出せ！」

「へい……」

猪之助が懐から十三両を出して平三郎に渡した。

「持って行け……」

平三郎が十三両を河原にポイッと捨てた。

「お前たちもあまり悪さをすると命を落とすぞ。ほどほどにしておけよ」

「どうも……」

二人が小判を拾うとそそくさと河原から走って行った。

「猪之助、お前も馬鹿だね。あんなけちな野郎たちとかかわって、命を落としたらどうするんだい！」

「姐さん、すまねえ！」

猪之助がお絹に厳しく叱られた。

「怪我《けが》をしているんじゃないの……」

「こんなのかすり傷ですから、痛くねえです」

「馬鹿だね。お頭に叱られるよ」

「へい……」

安太郎が血だらけの猪之助にびっくりしている。

「猪之助、お前のことは茂平とお熊から聞いた。お頭に合わせる顔はあるのかい？」

　平三郎が穏《おだ》やかに聞いた。

「申し訳ありません」

「もう、悪さはやめろ、お頭からもらった小判をまだ持っているだろう？」

「へい……」

「仕事をしたくなるのはわかるが、もう、やめるんだ」

「すみません」

「つまらない悪戯をしているとろくなことがないぞ。その傷はお頭の家で手当をすればいい……」

「へい！」

「さあ、行こう……」

　お絹が安太郎の手を引いて歩き出した。安太郎が痛そうな顔の猪之助を見ている。

「小頭は江戸だって聞いたんですが？」

「うむ、そうだ」

「丑松のお頭が亡くなっちまって……」

「丑松さんは仕事をしなかっただろう？」

「そうなんですが、何かと相談に乗ってくれましたので、みんな頼りにしていたんですよ。へい……」

「なるほど、だが、山の事故では仕方なかろう」

「ええ、そうなんで……」

朝太郎の家に戻ると猪之助がお留にも叱られた。朝太郎は何も言わずに猪之助が叱られているのを聞いている。

「お頭、猪之助を江戸に連れて行こうと思うんですが？」

「江戸に？」

「もう、悪さはしないという約束で……」

「猪之助、おめえ、約束するか？」

「へい、お頭、もう悪いことはしません。江戸には怖いお奉行所があるとかで……」

「うむ、江戸の北町に捕まればおめえの命はないぞ」

朝太郎が猪之助を脅《おど》すようにいう。

「お頭、承知しておりやす。江戸はおっかねえところだと……」

猪之助は小頭の平三郎と江戸に出てやり直そうと考えた。このまま中山道や甲州街道でウロウロしていてもろくなことがなさそうだ。それなら小頭と江戸へ行けば何かいいことがあるように思う。

「猪之助、お前、先に茅野の茂平とお熊の茶屋に行って、お熊から蕎麦切りの作り方を教えてもらえ。二十日ほどしたらわしが行くから、美味い蕎麦切りを作れるようになれ」

「へい……」

「お前を蕎麦切りの職人として江戸に連れて行く。お熊にしっかり教えてもらえ、不味《まず》かったら江戸には連れて行かない。江戸の人たちは口が奢《おご》っているから、下手なものは出せないということだ」

「蕎麦切り職人？」

「そうだ。日に日に大きくなる江戸というところは、何か手に職を持っていれば、食いっぱぐれのないところだから……」

平三郎はお熊の蕎麦切りなら江戸の人たちも食べるはずだと思う。何んといっても美味い上にズルズルと威勢がいい。

江戸の人たちは忙しい上に荒っぽく気が短い。もたもたしないでぱっと出てきてサッと食えるところが潔いと思う。それに蕎麦は安いのが何よりだ。

「お熊の蕎麦切りは美味い。おめえも食ったことがあるだろう。蕎麦切り職人か、いいな。しっかり覚えるんだぞ、猪之助？」

そういう朝太郎は蕎麦切りが好きで、多少食べ過ぎても腹にもたれないのがいいと思っている。茂平とお熊が杖突峠を越えてきて、朝太郎とお留に蕎麦切りを食わせに顔を出すのだ。

「へい、お頭！」

「しっかりやりな……」

そうお留に励まされる。

平三郎に身柄を任せるしかないとの覚悟で、傷の手当てが済むと猪之助は杖突峠に向かって走って行った。

ところがこの蕎麦切りを作れるようになるのがなかなか難しい。

蕎麦粉と山芋と水の加減が厄介なのだ。作るたびに出来がバラバラになる。同じようにやったつもりでいても仕上がりがどこか違う。

それに汁の作り方がまた難しいのだ。

お熊に叱られながら、江戸に行きたい猪之助は夜も寝ないで、蕎麦切りを作り続けることになった。

猪之助に与えられた猶予《ゆうよ》は二十日しかない。

平三郎は毎日、お絹を連れてあちこちに出かける。それについて歩く安太郎がなかなかの意地を見せた。

疲れて泣きそうになりながら泣かない。

平三郎に「武士の子は泣かないものだ」と厳しく言われた。

幼心に武士とは苦しいことがあっても、泣かないで我慢するものだとわかっている。

「安太郎、まだ歩けるか？」

「はい！」

平三郎を見上げて安太郎が頑張りを見せた。

滅多《めった》に会えない父親なのだから立派な自分を見せたいと安太郎は思う。この安太郎は二十年後、古谷安太郎元信《ふるややすたろうもとのぶ》と名乗って、勘兵衛の息子田盛《ただもり》の家臣になる。

その時、勘兵衛も平三郎もこの世にはいなかった。

楽しい日々はたちまち過ぎるものだ。

「お絹、また来るから……」

「うん、お浦ちゃんによろしくね」

「父上、今度はいつ帰りますか？」

安太郎が大人のように聞く。腰に差した平三郎の刀がいいと思う。

「何もなければ来年には帰る。江戸は遠いからな」

「はい！」

「それでは……」

旅支度《たびじたく》をした平三郎が朝太郎とお留に頭を下げた。

「気をつけてな……」

年老いた朝太郎が家の外まで出て平三郎を見送った。

この日、三月二十一日の江戸城では、間もなく三代将軍になる家光《いえみつ》の兵法指南役に、柳生新陰《やぎゆうしんかげりゆう》流の柳生宗矩《むねのり》が選ばれた。父の石舟斎《せきしゆうさい》が慶長《けいちよう》十一年（一六〇六）に亡くなってから十五年が過ぎていた。この日、宗矩は家光に新陰流を伝授する。

慶長六年（一六〇一）に将軍秀忠《ひでただ》の剣術師範となり、石舟斎から引き継いだ二千石に剣術師範の千石が加増《かぞう》される。そして家光の兵法指南役になり飛躍《ひやく》することになる。

家光に信頼された宗矩は三千石、四千石と加増が続き、寛永九年（一六三二）十二月には大目付《おおめつけ》、当時は大目付とは言わず惣《そう》目付と言った。

その大目付に水野守信《みずのもりのぶ》、秋山正重《あきやままさしげ》、井上政重《いのうえまさしげ》らと就任、初代大目付となり、寛永十三年（一六三六）には総石高が一万石を超えて大和《やまと》柳生の大名になる。

柳生宗矩が大名になる切っ掛けをつかんだのが、この日、家光の兵法指南役になったことだった。

だが、宗矩が大目付だったのはわずか四年間と短い期間である。

平三郎が茅野金沢宿に戻ってきた時、猪之助は粉だらけになって蕎麦切り作りに奮闘していた。

茂平とお熊の茶屋で平三郎はいち早く猪之助の蕎麦切りを食べる。

江戸へ猪之助を連れて行き、蕎麦切り職人として真っ当に生きることを覚えてもらいたいと思う。いつまでも盗賊をしていても良いことはない。平三郎はズルズル蕎麦切りを食いながら茂平を見る。

「茂平、猪之助の蕎麦切りはどうなんだ？」

「どうです小頭？　食べてみて」

「そうだな、お熊の蕎麦切りと似てはいるが違う気がする」

「そこが蕎麦打ちの難しいところで、汁の方も微妙に違っているんです」

「商売になるか？」

「そこは大丈夫だと思いますが……」

茂平は猪之助の蕎麦でも売り物になると思っていた。

「小頭、あと十日ぐらい教えれば何とかなりますよ」

お熊がなんとかなりそうだという。

こういうことはやる本人の意気込みしだいなのだ。嫌々やるのと本気でやるのでは出来がまるで違ってくる。

江戸に行きたい猪之助は必死だった。

平三郎と一緒に江戸に出てやり直したいと思っている。三十を過ぎていい加減な生き方をすれば、あっという間に四十、五十になってしまう。

それをお熊もわかっていて、あれこれと教えることが多い。

蕎麦の良し悪《あ》しから蕎麦の挽《ひ》き方まですべてを伝授する。それを平三郎が事細かに書き取った。

字の書けない猪之助は頭に叩き込んでやるしかない。

平三郎と猪之助の悪戦苦闘は十日どころではなく半月以上もかかった。だが、本気でやれば覚えるのも早い。茂平とお熊が猪之助の打った蕎麦切りを、日に何度も食べて遂《つい》に太鼓判を押した。

「わからなくなったら聞きにくるんだよ、猪之助」

そう言ってお熊が蕎麦打ちの弟子を送り出すことになった。

平三郎は蕎麦や蕎麦粉、山芋や昆布などお熊の使っている材料から、蕎麦を打つ道具などの大荷物を、二頭の馬の背に積み込んで金沢宿を発《た》った。

この頃は荷運びをする馬借《ばしゃく》や馬子《まご》がどこの宿場にもいた。

二人は馬子二人と八王子《はちおうじ》に向かった。

平三郎はまだ江戸で蕎麦切りというものを食べたことがなかった。そういうものがあることは知っていたが、この旅で初めて口にし惚れ込んだのだ。この平三郎のような蕎麦食いがやがて江戸に多く現れる。

神田明神のお浦の茶屋で猪之助の蕎麦切りを出してみたい。

まだ江戸の人たちの口に合うかはわからないが、ちょいと茶屋に立ち寄って食べるには手ごろな食べ物だと思う。

酒を飲みながらの肴《さかな》にもなりそうだ。

平三郎は安価な食べ物として江戸でも受け入れられるはずだと思っている。

実はもう密《ひそ》かに江戸にも入り始めている時期だった。

何よりもよかったのは、蕎麦切りと相性のいい醬油《しょうゆ》が売り出されていたことだ。味噌《みそ》ではどうしても蕎麦との相性が今一つだ。

この頃は醬油とは言わず「たまり」といった。

二十年ほど前の慶長八年頃には、味噌から取れるおいしい汁として、色々な料理に用いられていたが、たまり醬油は鎌倉《かまくら》期の臨済宗僧心地覚心《りんざいしゅうそうしんちかくしん》が、紀州《きしゅう》の百姓たちに金山寺《きんざんじ》味噌の作り方を教えていて、仕込みを間違えて偶然にできたという。

古くは延喜式《えんぎしき》に大豆三石から醬《ひしお》一石五斗が取れるとあることから、京には醬を売る商人がいたともいう。

醬とは味噌や醬油の原型と言われ「なめみそ」などとも言った。

この醬油が完成するのは明治期になってからである。

江戸期には奨油とか正油、たまりやしたじ、むらさきなどと呼ばれるようになり、使い勝手がいいことから一気に広がった。

江戸に来る醬油は筑波山麓《つくばさんろく》で多産されたものだった。

筑波山を紫峰《しほう》ともいうことから「むらさき」とも呼ぶようになったとか、当初の醤油は高価なものであったため、高貴な紫色に似た汁だったから呼んだともいう。

平三郎が江戸に戻ってきた時には四月になっていた。

「戻ったぞ……」

「親分お帰り！」

小冬《こふゆ》がニコニコと迎えた。

「お帰りなさい。あれッ、お前は猪之助ではないかい？」

「姐さん、お久しぶりでございます」

猪之助がペコリと頭を下げる。お長が飛び出してきて平三郎に飛びついた。

「猪之助、荷を下ろして二人に蕎麦切りを馳走してやれ……」

「へい！」

早速、お熊秘伝の蕎麦切り作りが始まった。お浦と小冬は何が始まるのかと興味津々《しんしん》で猪之助の仕事を見ている。

「姐さん、お熊婆の蕎麦切りで……」

「お熊さんは元気なのかい？」

「ええ、茂平のとっつあんも元気です」

「蕎麦切りって何だい？」

「あっしは蕎麦切り職人なんで、信州じゃ誰でも知っているんですが、美味いかどうか食べてみてくださいな……」

その夜、猪之助の作った蕎麦切りはお浦にも小冬にもお長にも評判がよかった。

平三郎が戻ったことで彦一とお弓、卯吉も駆けつけて猪之助の打った蕎麦切りを食べた。

「これは美味いぞ！」

彦一が絶賛して子分の卯吉も大いに気に入った。

翌日から早速、お浦の茶屋で信州名物蕎麦切りとして売り出された。

夜になるとお弓と卯吉が、蕎麦打ちを猪之助に教えてもらうために通ってくるようになる。二人は粉だらけになりながら、蕎麦切りを作っては食べ、作っては食べ大騒ぎになった。

お浦と小冬も蕎麦を食いながらあれこれ評価を言う。

第五章　盧舎那仏《るしやなぶつ》

平三郎が江戸に戻って五日ほど経《た》った夜、お浦が平三郎の耳元でつぶやいた。

「出来たの……」

「ん？」

「出来たのよ……」

「子か？」

「うん、もう三ヶ月が過ぎたって……」

「そうか、出来たか。お長がよろこぶな？」

「うむ、わしもよくやるもんだと感心している」

「お前さんは？」

「まあ……」

そう言って寝てしまった。この時、高遠のお絹にも平三郎の子が出来ていた。

お浦とお絹の二人はどういうわけかなんでも一緒なのだ。

翌日の昼過ぎ、平三郎は猪之助を連れ、蕎麦切《そばき》りの支度をして奉行所に出かけた。

「長野さま、高遠から戻りましてございます」

「うむ、どうであった伊那谷は？」

「春の丁度良い季節にございました。今日はお奉行さまに蕎麦切りというものを食べていただきたく、蕎麦打ち職人の猪之助というものを連れてまいりました」

「蕎麦切り？」

「はい、近頃、信州あたりで広く食べられている粗末なものですが、これがなかなかでございますのでお奉行さまにご賞味いただきたく存じます」

「ほう、信州の蕎麦切りか、どこかで聞いたな？」

「ぼちぼち江戸にも入ってきていると聞いております。物は試しで……」

「うむ、どんなものかまずはわしが食してみよう」

半左衛門の許しが出て猪之助は奉行所の台所で蕎麦打ちを始めた。奉行所などというところは猪之助には近寄っていけない鬼門なのだ。

そこに平気で出入りできる平三郎に驚愕《きょうがく》だ。その上、お奉行に蕎麦切りを食べさせるというのだから手が震える。

江戸の蕎麦は享保《きょうほう》年間には大繁盛していく。雑司《ぞうし》が谷《や》蕎麦切り、雑司が谷鬼子母神《きしもじん》門前茶屋に藪《やぶ》の蕎麦切りあり、遅れて信州更科《さらしな》蕎麦処布屋太兵衛《ぬのやたへえ》、布屋は伊那高遠城の保科《ほしな》家の御用であった。布屋は呉服屋だったが蕎麦屋に商売替えしてしまう。

それほど江戸の蕎麦文化は大爆発する。

大阪城が燃え落ちて再建される時、その材木置き場の砂場《すなば》に津国屋《つのくにや》が蕎麦を商ったことで、ここに蕎麦の御三家と呼ばれる藪、更科、砂場が誕生する。

蕎麦の値段は十二文、十六文、二十文などだが、二八《にはち》そばという蕎麦粉八、つなぎの小麦粉二というのができて、十六文というのが幕府の物価統制で百年以上も続いた。

にはち十六文は当初は江戸っ子の洒落《しゃれ》だったという。

江戸の名物は火事と喧嘩《けんか》というが、もう一つ蕎麦を足すべきであろう。

「親父、美味《うま》かったぜ、十六文だな？」

「へい……」

「ひ、ふう、みい、よう、いつ、むう、なな、やあ、親父、今何《な》ん刻《どき》だい？」

「ん、いつ、むう、なな、やあ、とほほ……」

何んとも頓馬《とんま》な野郎がいたもんだ。

お熊秘伝の蕎麦切りが出来上がると半左衛門の部屋に運ばれてきた。

「おう、これは何んともいえない醤油《しょうゆ》のいい匂いだな?」

「どうぞ、温かいうちに召しあがってみてください」

「この長いのをズルズル食すのか?」

「さようでございます」

猪之助は味には自信がある。

半左衛門はひと口、ふた口、み口で「これは美味い!」と褒《ほ》めた。

「平三郎、これは美味《びみ》である。絶品だな?」

「ありがとうございます」

「猪之助とやら、何人前あるのだ?」

「へい、十人前ほどで……」

「十人分ほどか、そうするとだな。お奉行と奥方さま、お澄、お志乃《しの》、お登勢《とせ》、
お滝、奉行所にいる者は誰にするかだな。青田孫四郎《あおたまごしろう》がいたな。吟味方《ぎんみかた》の秋本彦《あきもとひこ》

「へい、四つで……」

三郎《さぶろう》に書き役の岡本作左衛門《おかもとさくざえもん》、それとわしでぴったり十人だ」

　半左衛門は役得でもう一回食べるつもりだ。

「美味い、実に美味い。猪之助、出来上がったらこの部屋に運んで来い……」

　言いつけると平三郎と二人で勘兵衛の部屋に行き、お澄にお志乃たちを呼んでくるようにいい、勘兵衛に蕎麦切りの美味さを説明した。

「そなた、食したのか？」

「はい、お毒見にて……」

「不届きな、平三郎はわしに持ってきたのだぞ。それを先に食すとは不埒《ふらち》千万！」

「お毒見をせずにお出しはできませんので……」

「ふん、さっさと持って来い……」

　食い意地のはった勘兵衛が不愉快そうに言う。

　女たちが集まってきて台所がちょっとした騒ぎになった。半左衛門の部屋には孫四郎、作左衛門、彦三郎が呼ばれた。

　ところが醤油の香ばしい匂《にお》いにつられて、台所に与力や同心が集まってきて、結局、二十人ばかりで賞味することになった。

勘兵衛と喜与が絶賛する。

台所ではズルズルズルズルと猪之助が作る傍《そば》からなくなった。

翌日はこの評判を聞き、食べそこなった与力や同心、ご用聞きが神田明神のお浦の茶屋に現れて食べると、その後は蕎麦切りを気に入り、小腹《こばら》を空《す》かした同心や御用聞きが立ち寄るようになる。

同心や御用聞きが気に入れば話は早い。

いち早く神田明神のお浦の茶屋に現れたのは、浅草《あさくさ》の二代目こと正蔵《しょうぞう》と定吉《さだきち》に上野《うえの》のお民《たみ》だった。蕎麦餅屋のお民は蕎麦切りの話を知っていて、正蔵を浅草から呼ぶと一緒に蕎麦切りを食いに現れた。

その数日後にはお民が益蔵《ますぞう》の女房のお千代《ちよ》、鬼七《おにしち》の女房の豆観音《まめかんのん》ことお国《くに》、商人宿《あきんど》の七郎《しちろう》の女房のお繁《しげ》、それにお信《のぶ》とお香《こう》を誘って蕎麦切りを食いに現れた。

直助《なおすけ》の親父がお繁にくっついてきた。

女たちはワイワイガヤガヤ、神田明神をお詣《まい》りしてからお浦の茶屋に押し寄せてきた。

「これは美味いね……」

「醤油の匂いがいいんだ」

「この醤油味の汁が癖になるんだね」

「男衆なら二、三杯は食べちまうんじゃねえか？」

てんでんに蕎麦切りを評価し言いたいことを並べた。口うるさい女たちに猪之助の蕎麦切りは好評だった。

「これの作り方を教えてもらえないかしら？」

「そう、あたしも覚えたい」

お民とお国が申し出ると、女たちは商売になると考えて、作り方を教えてくれるよう平三郎に願った。

「猪之助、みなさんに丁寧に教えてあげるんだぞ」

「へい、ようござんす！」

猪之助は気持ちよくお熊婆さん秘伝の蕎麦切りの製法を教えることになった。

お浦や小冬やお弓も加わり、幾松《いくまつ》の女房のお元《もと》まで現れて、朝からお浦の茶屋は女たちで大騒ぎになった。

お昌《まさ》から尻を叩《たた》かれ金太《きんた》が蕎麦切りの作り方を教わりに来る。

品川《しながわ》からは三五郎《さんごろう》の女房の小春《こはる》とお勢《せい》が駆けつけた。お勢が現れると留吉が落ち着かない。

「親分、あっしも蕎麦切りの作り方を覚えたいんですが？」

「おめえ、蕎麦切り屋でもやりたいのか？」

「そうじゃねえんで、親分に食べさせる特別美味い蕎麦切りを作りたいんですよ」

「可愛《かわい》いことを言うじゃねえか、いいだろう、お国と一緒に行ってこい。しっかり覚えてくるんだぜ」

「へい！」

何のことはない留吉は好きなお勢の手を握りたいだけなのだ。

大工の長次《ちょうじ》の女房お布里《ふり》が現れ、同心村上金之助《むらかみきんのすけ》の女房の舟月《ふなづき》の女将《おかみ》お文《ぶん》までが現れた。こうなるとお浦の茶屋がたちまち狭くなる。

猪之助の仕事場が建て増しされる。神田明神の参拝客にも蕎麦切りは評判がよかった。

平三郎がこの味は江戸の人たちに合うと考えたことが的中した。

何んといっても醤油がいい。味噌《みそ》ではこういうわけにはいかない。お浦の茶屋は蕎麦切りを食いに来る人たちで大繁盛だ。

いち早くお民が上野で蕎麦切り屋を始める。

浅草の働き者の豆観音も素早かった。団子と蕎麦切りという組み合わせに、客に頼まれると酒などもこっそり提供する。

何んといってもお国は賢い、やることなすことが早い。西の小春に北の豆観音、この二人は兎《と》に角《かく》、独楽鼠《こまねずみ》のように働き者だった。

御用聞きの女房にも特徴があって、お千代は落ち着いた姐《あね》さん肌の、気風のいいところが勘兵衛の気に入りだ。

豆観音は働き者、お元は品よく少しおっとりしている。

お弓はチャキチャキの怖いもの知らず。小春はいつもニコニコと笑顔で商売上《じよう》手《ず》だった。

こんなふうにして蕎麦切りは江戸の人たちに受け入れられていった。

何んといっても蕎麦切りは美味い上に、値段が安いときては誰も文句のつけようがなかった。忙しくていつも小腹を空かしている江戸の人たちには、願ってもないうってつけの食べ物となっていく。

蕎麦切りの作り方を教えてくれと呼ばれて、猪之助はあちこちへ教えに回って歩いたが、実は蕎麦切りの作り方は簡単なようで水加減など結構難しいのである。

この頃、幕府内では激しい権力争いが起きていた。本多正純《ほんだまさずみ》を中心とする家康《いえやす》の重臣たちと、土井利勝《どいとしかつ》を中心とする将軍秀忠の重臣たちである。

こういう権力争いは幕府だけでなく、どこの大名家でも先代の権力と当代の権力の衝突はあった。後継者問題がうまくいっても権力争いが残ることが多い。ましてや後継者問題がこじれると、見るに堪《た》えない権力争いが起きて、家がつぶれるようなこともあり得た。

幕府の権力争いに巻き込まれたわけではなかったが、この頃、出羽《でわ》山形城五十七万石の最上《もがみ》家の義光《よしあき》が亡くなり、跡取りの家親《いえちか》が若くして亡くなったため、その後継者が幼くお家が大混乱していた。

そのことが幕府の権力争いに利用されることになり、この厄介ごとに北町奉行の米津勘兵衛と、二代目南町奉行の島田利正《しまだとしまさ》もかかわることになる。

幕閣《ばっかく》の権力争いは明治になるまで続くことになるが、最初の権力争いは本多正《まさ》信《のぶ》と大久保忠隣《おおくぼただちか》で、敗れた大久保家が失脚することになった。

その正信の子である本多正純と、家康の落胤《らくいん》と噂《うわさ》される土井利勝の権力争いが、権力中枢の第二幕と言えなくもなかった。

そんな危険な時が迫ってきている。

こういう争いをうまく処理できないと幕府内の乱れが、外様《とざま》の諸大名の不満を誘発して幕府は瓦解《がかい》しかねない。

江戸幕府はまだ二代目で盤石《ばんじゃく》とは言えない状況にあった。

北町奉行所は小五郎一座を京まで追って一網打尽にし、皆殺しにされた越中屋嘉右衛門の事件を解決して一安心していた。指揮した勘兵衛の信頼が一層高まり、幕府の面目も立ったことになる。

隠密廻り同心黒川六之助の執念が難しい事件を解決させたとも言える。

ところがあの時、六条河原《ろくじょうがわら》で一網打尽にしたはずだが、若衆歌舞伎《わかしゅかぶき》を率《ひき》いる加茂《かも》の松之丞《まつのじょう》だけは、数人の若衆たちにまぎれて京から伏見《ふしみ》に逃げ堺《さかい》まで逃げていたのだった。

この松之丞という男は、小五郎や弥平と同じ飛鳥《あすか》の武兵衛《ぶへえ》の子分だったが、男なのか女なのかわからない薄気味悪い奴《やつ》だった。

七化けの松之丞といわれている。

若衆歌舞伎は八年後の寛永六年（一六二九）に女歌舞伎が禁止されると、それに代わる娯楽として広がるが、幕府は男色には弊害《へいがい》があるといってわずか二十三年で禁止にする。

それ以後は野郎歌舞伎だけが残った。

松之丞はまだ三十過ぎと若く、なんにでも化ける変装の名人だった。ことに白塗りの女に化けると、誰もが本物の女より女っぽいと驚くほどだが、そればかりでなく若衆に化けると十五、六の美少年になる。

旅をする時は二本差しの武家に化けることもあった。

変幻自在とはまさに加茂の松之丞のことで、その色香は男でも女でも狂わせるに充分だった。

その松之丞が堺で怪しげな一座を組んで江戸へ向かうことになる。

堺に着いた日から浪人や唐人や傀儡師《くぐつし》、軽業師《かるわざし》に女芸人などを集め始めた。みな松之丞が知っている者たちだった。

京や大阪、堺などで仕事をしている者たちで、銭になれば凶悪なことでもなんでも平気でやる連中だ。

命知らずな者たちである。

今日一日楽しく飲み食いができて女を抱ければいい。

そんな連中を集めた松之丞は小五郎や弥平の仇を討ちたい。逆恨《さかうら》みもいいところで尋常ではない。

その上、松之丞は非常に賢かった。

宣教師ガスパル・ヴィレラが美しいベニスと称賛した堺は、大阪の陣の時に焼き払われ全焼したが元和年間には復興する。元和七年（一六二一）のこの頃は新しい町割りでほぼ再建されつつあった。

内川《うちかわ》と土居川《どいがわ》に囲まれた細長い短冊《たんざく》のような町割ができている。

信長や秀吉の時代より前から、堺は大名に支配されない自治の貿易湊《みなと》として繁栄した。

後年には環濠《かんごう》都市とか自治都市などと言われる。会合衆《えごうしゅう》という有力豪商によって自治が発達していた日本では珍しい湊町だった。

異国から多くの文化が入ってもきた。

鉄砲などもいち早く種子島《たねがしま》から持ち込まれて複製された。この堺の繁栄にいち早く目をつけたのが信長だった。

南蛮好きの信長は松井友閑《まついゆうかん》を堺奉行として直轄地とする。

その堺も江戸期に入り、幕府が鎖国政策を取るようになると、異国との貿易はできなくなる。

松之丞はその堺の豪商を襲って千両あまりを奪うと、同じ夜にもう一軒を襲い、そこでも千両ほどを奪ったが皆殺しにはしなかった。

一人も殺さず、小判だけを奪って逃げると翌朝には堺を脱出していた。鮮やかな仕事ぶりだった。

松之丞は騒がれたりしない限り人殺しはしなかった。血を見るのが好きではないようで、小判を奪って逃げるだけで女を犯したりもしなかった。

ただ、騒がれた時は容赦《ようしゃ》なくブスッとやる残忍さを持っている。

その松之丞は女に化けて商家を襲ったり、若衆姿だったり、浪人姿だったり、坊主《ぼうず》に化けていたり七化けはお手のものだ。

好んで女に化けることが多い。

何んともとらえどころのない盗賊だった。

荒くれの浪人たちや女たちの中にひときわ目立つ女がいた。それが松之丞で堺から奈良に向かっている。

「先に行った者たちはもう奈良に着く頃だな？」

「うむ、この二千両は奈良で山分けしよう」

「奈良じゃ抹香《まっこう》臭くて遊べないな？」

「そうでもないぞ。木辻《きつじ》には遊女を置く茶店が何軒かできたと聞いたぞ」

「おう、郡山《こおりやま》にもいいところがあるらしいな？」

女と遊ぶことには目のない連中ばかりだ。飲んで食って女を抱いて分け前を数日で使ってしまう。悪銭身に付かずとかであぶく銭は消えてしまうという。

「しばらくゆっくりするか？」

松之丞も京から逃げて、たて続けに仕事をして少し疲れていた。小判はたっぷりあるのだからのんびりするのもいいと思う。

その頃、松之丞一座を率いた宗次郎《そうじろう》という男は、一足先に奈良に入って東大寺《とうだいじ》の南大門《なんだいもん》の傍にいた。この宗次郎も飛鳥の武兵衛の子分だった。

この頃、奈良東大寺の大仏は凄《すさ》まじい痛々しさで佇《たたず》んでいた。

永禄《えいろく》十年（一五六七）に松永久秀《まつながひさひで》と三好《みよし》三人衆が戦い、その最中に東大寺大仏殿が焼け落ち、大仏の頭部が落ちそうになったのだ。

その頭部を銅板で支えて仮の大仏殿を作ったが、慶長十五年（一六一〇）の大風で倒壊してしまい、痛々しい姿の盧舎那仏《るしゃなぶつ》は雨ざらしのまま立っておられた。

何んとも痛ましいお姿であった。

お詣りする者は人の愚かさにみな涙したという。

莫大《ばくだい》な費用の掛かる大仏の修復はされず、数十年も放置された。それを無念に思い、丹後宮津《たんごみやづ》から出た南都六宗の一つ三論宗《さんろんしゅう》の僧、公慶《こうけい》が一紙半銭の勧進《かんじん》で全国を回って、七年後に一万千両の勧進を行った。

五代将軍綱吉《つなよし》の援助もあって元禄四年（一六九一）に再建が完成、翌五年には開眼法要を行う。

一紙半銭とは一枚の紙と半文《もん》の五厘《りん》の寄進という意味で、ごくわずかな金銭のことで有り難い浄財のことをいう。

その東大寺門前で松之丞と宗次郎が合流して小さな小屋をかけた。

隠れ家になればいいだけで客が入らなくてもいい。二十人ほどの一座で女も六、七人いていい隠れ蓑《みの》になった。

その一座に長《ちょうしゅう》州浪人関隼人正《せきはやとのしょう》という凄腕《すごうで》の剣客《けんかく》がいた。

その関隼人正はタイ捨流《しゃりゅう》の剣を使うという触れ込みだった。タイ捨流というのは九州の肥後八代《ひごやつしろ》の人で、丸目蔵人佐長恵《くらんどのすけながよし》という剣客が立てた剣である。

この時、丸目蔵人佐は八十一歳で健在だった。

肥後球磨《くま》の切原野《きりはらの》で石見入道徹斎《いわみにゅうどうてっさい》と名乗って開拓の仕事をしていた。

若い頃は京に出て上泉伊勢守《こういずみいせのかみ》の弟子になり新陰流《しんかげりゅう》を学んだ。疋田景兼《ひきたかげとも》や奥山《おくやま》休賀斎《きゅうがさい》と並ぶ新陰流四天王と言われる剣客で、九州に戻ってタイ捨流を創始した天才である。

疋田景兼という剣客は伊勢守の姉の息子で無類の強さだった。

柳生石舟斎と三度戦い三度勝ち、石舟斎は新陰流を学ぶため上泉伊勢守の弟子になり、柳生新陰流を開くことになる切っ掛けを作った剣豪なのだ。

また三河の奥山休賀斎は若い頃の米津勘兵衛の剣の師匠である。

流派を創始するほどの剣豪は色々な剣を学んでいて、どんな流派の剣もどこかで他流と交差していることが多い。

剣法は京八流に始まると言われる所以《ゆえん》だ。

丸目は将軍足利義輝《あしかがよしてる》や正親町《おおぎまち》天皇の御前で剣技を披露した豪傑だったが、剣だけでなく槍《やり》、薙刀《なぎなた》、馬術、忍術、手裏剣《しゅりけん》、書、和歌、舞、笛などにも優れた才能を見せた。

肥後の相良頼房《さがらよりふさ》の家臣で丸目石見守ともいう。

九州一円に多くの弟子を持ち、大名の立花宗茂《たちばなむねしげ》や鍋島直茂《なべしまなおしげ》なども弟子という、剣客であり優れた兵法家であった。

タイ捨と仮名で書くことに意味があり、タイは体にあらず、対にあらず、待にあらず、すべての雑念を捨てる自在の剣法を意味するという。右半開に始まり左半開に終わる。すべて袈裟《けさぎ》斬りに終結するともいう独特の構えだった。

第六章　北国《ほっこく》街道

この頃、江戸の繁栄によって幕府はいくらでも黄金を必要とした。

家康が徳川家の将来のために残した六百五十万枚の遺産金は幕府の金蔵にあった。小判にすれば六千五百万両という莫大な金だった。

この金はいざという時の軍資金であり、将軍秀忠と言えども簡単に使えるものではない。今川《いまがわ》家の人質だった家康がケチといわれながら貯《たくわ》えた虎の子の黄金である。幕府は喉《のど》から手が出るほど金が欲しい。

その幕府が当てにしていた金は佐渡《さど》金山からのものだった。

家康が残した金は使えばなくなるが、佐渡からの金は採掘すればいい金なのだ。事実、家康が残した金は三代将軍家光が日光東照宮《にっこうとうしょうぐう》の造営を始め、各地の寺社仏閣の再建修復や寄進など、戦いがないことを幸いとばかりに湯水のごとく使い始め、六千五百万両の粗方《あらかた》を使い果たしたという。

五代将軍綱吉《つなよし》の頃には金蔵は空《から》だったともいわれる。

この元和七年頃は、家康が亡くなってまだ五年であり、幕府の金蔵には黄金が唸《うな》っていた。

ただ、佐渡の金は少々産出が渋くなってきている。

大久保長安《ながやす》が佐渡奉行をして、全国の金山銀山を支配していた頃が最盛期で、佐渡は年間に金百貫《かん》以上、多い時には百二十貫から百三十貫ほど、銀は一万貫を幕府に納めていた。佐渡は金よりもはるかに多い銀を産出したが、それでも金の採掘ができたので金山と呼ばれた。

元和年間になると六、七十貫ほどで金の採掘は百貫に達することはなかった。

山のことを知らない家康や本多正信は、大久保長安が不正蓄財をしているから金が少なくなってきたと誤解したとも言われる。

それほど金銀の採掘は山の鉱脈しだいで難しいのだ。

そのために金銀山には必ず山師という山の状態を読む専門家がいた。天下の総代官といわれた大久保長安は数字の天才で、金銀の産出を数字を駆使して読み切る山師でもある。

どんなにいい山でも必ず鉱脈は痩せて行き、金銀を徐々に産出しなくなるというのが常で、無尽蔵に金銀を掘れる山というのはどこにも存在しない。

佐渡金山も石見《いわみ》銀山も後に世界一の金山銀山と言われたが、佐渡金山は平成元年（一九八九）三月三十一日まで日本を支えてきたが遂《つい》に閉山となる。

石見銀山は世界の経済を支えたが昭和十八年（一九四三）になって、遂に力尽きて水の中に没し閉山となった。

その日、勘兵衛が登城すると老中土井利勝から別室に呼び出された。

老中に特別に呼ばれることは滅多にないことだ。

勘兵衛が伺うと土井利勝の部屋に酒井忠世《さかいただよ》、井上正就《いのうえまさなり》、青山忠俊《あおやまただとし》の四人が神妙な顔で座っている。

さすがの勘兵衛も緊張して部屋に入った。

「内密の話だ。そこでは遠い。寄れ……」

土井利勝が怒っている顔で勘兵衛を畳一枚ほどの近さまで呼んだ。

「失礼仕《つかまつ》ります る！」

利勝が扇子《せんす》で指した辺りまで進むと三人の老中も寄ってきた。

「困ったことが起きた」

「はい！」

利勝の怒った顔が苦悶《くもん》の顔に変わる。

「佐渡から江戸に向かった金と銀が消えてしまったのだ」

「な、なんと……」

勘兵衛が仰天した。あってはならないことが起きた。

「金が六十貫、銀が三百貫だ。場所は追分宿《おいわけしゆく》の先の山中だ。知らせてきた者の話では待ち伏せされたということだ」

「ご老中、佐渡からの金銀を奪っても、易々《やすやす》と使うことはできないかと思いますが？」

「うむ、金貨銀貨にはできないが、金銀の使い道は色々ある。熔《と》かしてしまえばどこの金も同じだ。刻印など役に立たぬからな」

利勝が苦々しく言う。

「このことは幕府でもまだこの四人しか知らないことだ。漏れたら何が起きるかわからない」

「米津殿、内々に金銀を取り返したいのだ」

そういう酒井忠世は寝ていないのか目が赤い。

「襲撃した者は鉄砲や弓を持っていたということだ。人数は二十七、八人だったというのだが……」

青山忠俊が襲撃の状況を話した。

「これは目付では解決できない。盗賊だから米津殿に頼みたい！」

そういう井上正就も苦悶の顔だ。

難しい事件だが老中四人に言われては引き受けるしかない。幕府には大目付も若年寄《わかどしより》もまだなく、こういう事件を解決する仕組みがないのだ。

老中は何んでもかんでも勘兵衛のところに持ってくる。

「ご老中、奉行所には鉄砲がございません。鉄砲組から岩室宗右衛門殿をお借りしたいのですが？」

「うむ、鉄砲か？」

「土井さま、確かに鉄砲がなくては困るかと思います」

酒井忠世が口添えした。幕府の鉄砲隊を使うのは軽々にはできない。だが、今はそんなことを言っていられない緊急事態だ。兎に角、一刻も早く手を打たないと手遅れになり本当に黄金が消えてしまう。

今ならまだ近くの街道上にいるだろう。

「鉄砲組の岩室と言ったな。甲賀組と知り合いか？」

「知り合いということではございませんが……」

勘兵衛は言葉を濁《にご》した。女盗賊の兄だとは言えない。

「一人でいいか？」

「はい、結構でございます」

鉄砲は実際に使うというよりあることが大切なのだ。むしろ、こういう時は弓の方が連射ができて使える武器だ。

佐渡の金は相川《あいかわ》金山から小木湊《おぎみなと》に運ばれ、御用船に積み込まれて三刻（約六時間）ほどをかけて、海上を越後出雲崎《えちごいずもざき》まで運ばれてくる。

陸揚げされた金は馬や荷車で寺泊《てらどまり》に運ばれて、北国《ほっこく》街道こと善光寺《ぜんこうじ》街道を関《せき》山宿《やましゅく》、野尻宿《のじりしゅく》、善光寺宿、上田宿《うえだしゅく》、追分宿を経由して中山道に出され、安中《あんなか》宿《しゅく》、高崎宿《たかさきしゅく》、大宮宿《おおみやしゅく》、板橋宿《いたばししゅく》を通過して江戸本石町《ほんこくちょう》の金座に入れられる。

銀は銀座《ぎんざ》に運ばれて行く。

また、越後の寺泊から長岡《ながおか》、三国峠《みくにとうげ》、高崎、板橋宿と運ばれて江戸に入る場合もある。どの道を使うかは秘密にされた。

金座は江戸だけではなく駿府《すんぷ》や京や佐渡や甲府にもあった。

京の金座へは佐渡から船で敦賀《つるが》に運ばれた。

やがて金座は江戸に一本化されるが、京の姉小路《あねこうじ》の金座だけは禁裏《きんり》があることから廃止されなかった。

金貨はおもに江戸で使われ、上方では銀貨が多く流通した。

佐渡から運ばれる金の警備はあまり厳重ではなく手薄だった。金や銀を大量に奪っても手軽に使うことができないからだ。

そんな事件が起きれば幕府や大名家が、躍起《やっき》になって必ず犯人を探し出すと考えられている。佐渡の金銀を襲っても割に合うとは思えない。それをやったのだから何か訳ありなのだろう。

勘兵衛はそう予想した。

「犯人を捕らえる必要はない。見つけたらその場で皆殺しにして構わぬ」

土井利勝はどこの誰の仕業《しわざ》かをはっきりさせれば、厄介なことになりかねないと考え闇から闇に葬《ほうむ》る覚悟でいる。

これだけのことをするのは単なる金塊《きんかい》欲しさとは思えない。

その後ろにはかなり大物の黒幕が隠れているはずなのだ。そうでなければこのような大胆なことを企てるはずがないと思う。

探索されても安全な仕掛けもしてあるだろうし、迂闊《うかつ》に嫌疑をかけたりすれば、逆に幕府が恥をかくことになりかねない。

それならこのようなことをしても無駄だと見せつける。それには何も聞かずに皆殺しにするのがいい。

幕府の暗黙の脅《おど》しにもなる。

「やれるものならやってみろ、容赦《ようしゃ》しない！」

幕府が騒がずに始末してしまえばその恐怖は尋常ではないはずだ。土井利勝は幕府を預かる冷静な男だ。

北町奉行の米津勘兵衛ならやり遂げると信頼している。

「そう長く隠しておくことはできない。半月で決着をつけてもらいたい」

土井利勝は襲った連中が大量の金銀を持って、まだそう遠くには行っていないと思っている。

「いそぎますので行ってまいります」

勘兵衛は一刻を争う緊急時だと感じた。兎に角、犯行現場になった山中に急行することが第一だ。城中のことはすべて切り上げて大急ぎで下城した。

勘兵衛が昼前に奉行所へ戻ってきたのは初めてだ。知らせに驚いた喜与と半左衛門にお澄が大玄関に飛び出した。

「すぐ旅の支度をいたせ！」

「お奉行！」

「半左衛門、急ぎの仕事だ。孫四郎と甚四郎《じんしろう》、左京之助《さきょうのすけ》には弓の支度をさせてくれ！」

「はい！」

「それに松野喜平次《まつのきへいじ》、本宮長兵衛《もとみやちょうべえ》、朝比奈市兵衛《あさひないちべえ》、林倉之助《はやしくらのすけ》、木村惣兵衛《きむらそうべえ》、槍を使う島田右衛門と佐久間八右衛門《さくまはちえもん》も呼べ！」

勘兵衛は剣の他に槍や弓を使う者たちを集めた。

「文左衛門、宇三郎と藤九郎《とうくろう》を呼んでまいれ！」

「はッ！」

奉行所が大騒ぎになった。

そこに金銀を奪われたことを江戸へ知らせた佐渡金山の役人が現れた。

土井利勝の手配は早かった。

勘兵衛から鉄砲組で名指しされた岩室宗右衛門が、老中の命令で同僚二人を連れて奉行所に現れた。岩室宗右衛門はどうして指名されたのかわかっていない。

勘兵衛を入れて十八人の追撃隊が編成された。

勘兵衛の作戦はわかりやすい。

「このことは口外無用である。善光寺街道と松代《まつしろ》街道、中山道を探索して佐渡からの金銀を奪った盗賊を見つける。見つけしだい全員を斬り捨てる。敵は弓や鉄砲を持っている。油断するな!」

「お奉行、馬の支度ができましてございます」

「よし、本陣は上田宿に置く。行くぞ!」

勘兵衛が自ら出動するのは珍しい。

北町奉行所から十八騎《き》が次々と飛び出して本郷台《ほんごうだい》に向かった。巣鴨《すがも》村、板橋宿を通過して志村《しむら》に向かい戸田《とだ》の渡しを渡って大宮宿に向かった。

四谷の鉄砲組では北町のお奉行さまから、兄の宗右衛門が呼ばれたことでお銀はウキウキだ。

七重も小平太もなにが起きているのかわからなかった。

お銀だけは勘兵衛が呼んでくれたのだとわかるから、ニヤニヤと笑いが止まらない。

勘兵衛一行は中山道を急ぎ、時々休息を取りながら、仮眠もとって追分宿まで来て旅籠《はたご》に上がった。

中山道と北国街道の追分は善光寺の参拝客で古くから栄えている。

「宇三郎は倉田甚四郎と文左衛門と惣兵衛、長兵衛と倉之助の六人で中山道を追い、痕跡《こんせき》を発見したら上田宿まで知らせを走らせ、敵に追いついたら始末して構わぬが無理だと見たら援軍を待て！」

「承知いたしました。それでは先にまいります！」

「敵の飛び道具に気をつけろ。鉄砲隊二人も行ってもらおうか？」

「畏《かしこ》まりました！」

岩室宗右衛門は本隊に残り、二人が別動隊と一緒に中山道を西に向かうことになった。

「では！」

別動隊八人が旅籠を出た。

「藤九郎、左京之助と市兵衛と右衛門と一緒に越後まで追ってくれ。岩室殿も行ってくれか？」

「畏まりました！」

「八右衛門も行ってくれ……」

「はッ、承知いたしました！」

「お奉行さま、それがしもまいります！」

佐渡の役人が申し出た。金を奪われ敵に逃げられては切腹ものなのだ。

「いいでしょう……」

藤九郎たち七人が立ち上がって部屋から出て行った。残ったのは勘兵衛と青田孫四郎と松野喜平次の三人だけになった。

喜平次は怪我《けが》ばかりしているから勘兵衛は手元に残した。それをわかっていて喜平次は不満だが何も言わずに我慢している。

翌日、暗いうちに勘兵衛は上田宿に向かった。

上田宿の旅籠に入り、目印の馬を三頭、旅籠の前に繋《つな》いでおいた。本来であれば北町奉行とか米津勘兵衛の札を立てたいところだが目立ち過ぎる。こんなところに勘兵衛がいることは知られたくない。

三人が旅籠に入ってすぐだった。

藤九郎と北国街道を追って行った島田右衛門が戻ってきた。

「どうした？」

「尻尾《しっぽ》をつかみましてございます」

「どこだ？」

「千曲川《ちくまがわ》の矢代宿《やしろじゆく》にございます！」

「どんな尻尾だ？」

「数日前、御用の立て札を立てた馬と荷車が通り、その一行が札を立てずに戻ってきたのを見ている者がいたのです」

「荷車を見たか？」

「はい！」

「間違いないのか？」

「御用札のない荷を積んだ馬が、先に戻ってきたのでどうしたのかと思っていたそうで、すると半刻（約一時間）ほど後に荷車までが戻ってきたのでおかしいと見ていたそうです」

「それだ。間違いない」

道を変えないで御用札だけを捨てて戻ってきた。盗賊どもはよほど急いでいたのだろう。それを見て不審に思った者がいたということだ。

「越後に引き返したものと思われます」

「うむ、急げば海に出る前に捕まえられるぞ！」

勘兵衛は寺泊か出雲崎、柏崎《かしわざき》あたりに荷を運んで、船で遠国に運ぶのかも知れないと思った。船で逃げられては手が届かなくなる。その前に決着をつけたい。海に出られたら万事休す。

「喜平次、右衛門、二人で宇三郎を追え、善光寺に向かえと伝えろ！」

「はい！」

二人が飛び出して行った。遂に勘兵衛と孫四郎の二人だけになった。

「お奉行、敵はどこに向かうつもりでしょうか？」

「千曲川沿いに飯山《いいやま》へ向かうか、妙高《みょうこう》を越えて関川《せきかわ》に向かうかだが、直江津《なおえつ》ではないかと思う……」

「それでは西国《さいこく》へ？」

「奪った金と銀は重い。そうそう身動きができるものではないはずだ。西に行くか北に行くかはわからない。船に乗る前に決着をつける。夕餉《ゆうげ》を取ったら善光寺に向かうぞ！」

「はッ、畏まりました！」

勘兵衛は喜平次と右衛門がどこで宇三郎に追いつくか考えている。痕跡を探しながらの宇三郎たちに塩尻《しおじり》あたりで追いつけば、深志城《ふかしじょう》こと松本《まつもと》城下を通って善光寺に向かうことができる。

「善光寺宿から牟礼宿《むれしゆく》に分岐《ぶんき》するあたりに敵の痕跡があれば、直江津に向かうのか寺泊に向かうのかが判断できるのだが？」

勘兵衛と孫四郎は早い夕餉を取ると、仮眠も取らず一休みしただけで善光寺に向かって出立《しゆつたつ》した。こういう時は兎に角急いで敵に追いつくことだ。

その頃、藤九郎たちは善光寺宿を発《た》って牟礼宿、野尻宿から妙高を越えて越後関川宿に向かっていた。

佐渡から来た役人だけが後続との繋ぎを取るため善光寺に残された。

藤九郎は戦いになった時、この役人は役に立たないと見て残したのだ。その藤九郎は赤松《あかまつ》左京之助、朝比奈市兵衛、佐久間八右衛門、岩室宗右衛門のわずか五人だけで追っていた。

敵の数が多ければ危険だとわかっている。

だが藤九郎も敵が海に出る前に追い詰めたいと思っていた。重い荷を運ぶ盗賊たちにかなり近づいていると考えていた。藤九郎は急ぎに急いで敵との間合いを詰めたいと考えている。

勘兵衛と孫四郎は善光寺に到着すると、東門の下に佐渡の役人が立っていた。

善光寺は不思議な寺で東西南北に門があり四門四額という。東門は定額山《じようがくさん》善光寺、南門は南命山《なんみょうさん》無量寿寺《むりょうじゅじ》、北門は北空山《ほくくうさん》運上寺《うんじょうじ》、西門は不捨山《ふしゃさん》浄土寺《じょうどじ》と別々の額が掲げられているのだ。

女人禁制の寺が多い中で善光寺は女人救済だった。

不思議なことに善光寺は天台宗の大勧進と、浄土宗の大本願によって運営され、天台宗の貫主《かんしゅ》と浄土宗の上人の二人の住職がいる。

浄土宗の大本願は尼寺だという。

「藤九郎たちは？」

「ここから牟礼宿に向かいました！」

「よし、直江津と決まった。宇三郎が来たら直江津に案内してくれ！」

「畏まりました！」

勘兵衛と孫四郎は馬を飛ばして越後関川宿に向かった。

この関川宿は上杉《うえすぎ》家が関所を置いていたところで、幕府も北国街道の要衝としてその関所を引き継ぎ、そこに宿場を作らせ隣の上原宿《うわはらじゅく》と合宿《あいしゅく》になっている。

重要な関所で女改めをするなど結城《ゆうき》秀康《ひでやす》の子、松平忠昌《ただまさ》が高田城《たかだじょう》に二十五万九千石で入って管理していた。忠昌は家康が祖父で将軍秀忠は叔父《おじ》になるが、武勇に優れ血気盛んな若者で、大阪の陣ではその秀忠の傍にいて武功をたてたという。その時、忠昌は弱冠十七歳だった。

この武功で忠昌は下妻《しもつま》三万石を加増される。

翌年の元和二年（一六一六）には信濃松代十二万石に移封《いほう》、元和五年（一六一九）には越後高田二十五万石に加増された。

勘兵衛と孫四郎は藤九郎を追って急ぎに急いでいる。

直江津に向かった藤九郎の援軍として、戦いに間に合うかギリギリだと思われた。

第七章　御用金

その頃、宇三郎たちも善光寺宿まで戻って来ていた。

昼夜を分かたず善光寺に駆けつけ疲労困憊《こんぱい》だが、佐渡の役人から藤九郎たちと勘兵衛のいるところがほぼわかり、追いつけるのではと考え牟礼宿に向かって北国街道を急いだ。

最早、半刻も休んでいる猶予《ゆうよ》もない。

宇三郎は人馬が倒れるか、戦いに間に合うかの瀬戸際《せとぎわ》にいると感じた。兎に角先行する勘兵衛に追いつきたい。荷を運ぶ盗賊たちに藤九郎は肉薄していると思われるのだ。

その頃、藤九郎と左京之助たち五人は、間もなく敵を捕捉できるはずだと思っている。

だが、藤九郎と市兵衛は剣客だが、左京之助と八右衛門は槍、宗右衛門は鉄砲と五人の陣容では心細い限りだ。

敵は護衛だけでも二十人を超えていると思われる。馬や荷車を引いている者を入れれば四、五十人にはなるだろう。藤九郎も苦戦するだろうと心配だが、宇三郎も戦いに間に合わないのではと焦っていた。

その藤九郎は戦いの場は直江津湊あたりだろうと予測している。その湊に盗賊どもは船を待たせているのだろう。藤九郎の勘で勝負の時は近いと思う。ギリギリだが追いつけるという気配を感じていた。

敵との間合いは相当に詰まっているはずなのだ。

そんな中で焦る気持ちを抑えて時々馬を休ませる。

馬が倒れては身動きができなくなる。敵も船に乗るまでは急いでいるはずだが、重い荷車を引いての逃走は容易ではないはずだ。ここが辛抱のしどころで藤九郎は焦る気持ちを抑え込んで馬のことを考えている。

その藤九郎と宇三郎の間に勘兵衛が挟まっていた。

藤九郎たちが高田城下を通過すると、左手に軍神と言われる上杉謙信の居城だった春日山城《かすがやまじょう》が見えてくる。謙信は毘沙門天《びしゃもんてん》の化身といわれ、甲斐の龍武田信玄と戦い傷を負わせたこともあった。名将の中の名将といえる。

その上杉謙信の春日山城は慶長十二年（一六〇七）に廃城となった。不落の名城だ。

そこから直江津湊は目と鼻の先である。

直江津は古くは越後の中心として国府が置かれ、国分寺《こくぶんじ》が建立された北国街道の要衝の地であり、浄土真宗の宗祖親鸞《しんらん》が建永《けんえい》二年（一二〇七）に後鳥羽《ごとば》上皇の怒りに触れ、この直江津に七人の弟子と共に流罪《るざい》となった。

関川の河口に開かれたのが直江津湊である。三津七湊《さんしんしちそう》の一つとして直江津湊は今町湊《いまちみなと》と言った。三津とは伊勢《いせ》の安濃津《あのつ》、筑前《ちくぜん》の博多津《はかたつ》、摂津《せっつ》の堺津《さかいつ》をいう。

妙高から駆け下りた藤九郎たち五人が、急ぎに急いで直江津湊に馬を走らせて突撃する。五人だけで心細いとは言っていられない。盗賊どもが船に乗ってしまっては追うことは不可能になる。

藤九郎は決死の覚悟だ。

敵も湊に着いたばかりで馬や荷車から荷を下ろし、停泊している船にこれから荷駄の積み込みをしようとしていた。

この湊からは北でも西へでも行ける。

間一髪で藤九郎たちは追いついた。

「待てッ、待てーッ！」

藤九郎が叫びながら馬を走らせた。荷駄の周りに武士が集まって刀の柄《つか》に手を置いて抜く構えだ。後一刻半（三時間）もあれば盗賊と金銀は海の上だった。

「チッ、来やがったぜ……」

「追ってきたのは五人だけだ！」

「斬り殺してしまえ！」

「その荷駄に不審の儀あり、北町奉行米津勘兵衛の家臣青木《あおき》藤九郎重長《しげなが》が幕命により荷改めをいたすッ、神妙にいたせッ！」

輪乗りをしながら藤九郎が盗賊たちに叫んだ。

「江戸の北町だとッ！」

「くそッ、荷を守れッ！」

まさか役人が現れるとは思っていない盗賊たちが慌てた。ましてや長駆《ちょうく》、江戸の役人が現れたことに驚愕だ。

「五人だけだッ、やってしまえッ！」

「宗右衛門ッ、船だッ！」

藤九郎が船から鉄砲で狙っているのに気づいた。

馬から飛び下りると宗右衛門が船上の鉄砲を狙って引き金を引いた。

「ターンッ！」

乾いた銃声が響いて鉄砲を持ったまま船上から海に落ちた。さすがに幕府の鉄砲組である。一発で敵の鉄砲撃《う》ちを仕留めた。その銃声が戦いの合図になった。

「野郎ッ、叩き斬れッ！」

鉄砲撃ちが海に落とされたのを見て浪人とおぼしき奴らが一斉に刀を抜いた。

「青木殿ッ、参るッ！」

こういう大人数の戦いは槍が有利だ。

赤松左京之助と佐久間八右衛門が槍を振り上げ、突進して行くと馬上から敵の胸を一突きにする。槍先が敵の背中から五寸も飛び出している。

その槍を抜くと血が噴き出し一瞬にして湊が戦場に変わった。

藤九郎も馬上で太刀《たち》を抜き敵中に突撃する。

「それッ！」

藤九郎が馬腹を蹴《け》って左京之助を追った。

朝比奈市兵衛は馬を捨てて飛び下りると、腰の太刀を抜き放って敵に迫って行った。

たちまち五、六人の敵に包囲される。

「イヤーッ！」

そこに槍を振るって左京之助が馬で突っかけてくると、槍先で敵の首を掻っ切って走り去る。

市兵衛を囲んでいた敵が馬にはじき飛ばされ尻もちをついた。

岩室宗右衛門は鉄砲を背負うと太刀を抜く、その周りに敵が殺到して危ない状況になった。そこに藤九郎が馬で駆けつけ飛び下りた。

鞘《さや》に戻した太刀の柄を握って敵に突進すると、「シャーッ！」と刀を抜きざま一瞬に左右の敵の胴を貫き袈裟に斬り倒した。秘剣万事抜きだ。

「この野郎、強いぞッ、気をつけろッ！」

藤九郎の剣技に驚いた敵が尻込みして何人も集まり警戒を強める。

市兵衛がまた敵に囲まれた。

佐久間八右衛門が馬から飛び下りて市兵衛の傍に走ってくる。多勢に無勢では如何《いかん》ともしがたい、市兵衛と八右衛門がじりじりと海に追い詰められる。わずか五人では圧倒的に不利だ。

左京之助が槍を振るって馬で駆けつけるが五人、十人と包囲する敵の数が多い。

乱戦になった戦いを周囲に立って人足たちが見ている。

多勢に無勢だが一進一退でなかなか決着がつかない。後続の援軍がどこまで来ているのか皆目見当《かいもくけんとう》がつかないのだ。藤九郎は獅子奮迅《ししふんじん》の戦いだが敵の数が減らない。逆に船から敵の援軍が下りてくる。

五人だけでは如何ともしがたい状況になった。

「海に追い落とせッ！」

「叩き斬れッ！」

盗賊たちは浪人の格好はしているが、上方《かみがた》か西国の武士と思われた。

幕府の命令は後腐《あとくさ》れのないように盗賊たちを殺してしまえということだ。奉行の勘兵衛からも捕らえて調べることはないと命じられている。闇から闇に事件を葬れということだが、形勢は逆で藤九郎たち五人は徐々に追い詰められ、海を背にしてひと塊になって戦っている。

背水の陣で後ろに下がれば足場の悪い海に入ってしまう。

佐久間八右衛門と岩室宗右衛門が傷ついて、戦力が徐々に削り取られていく。

剣客の藤九郎と市兵衛も戦っているうちに疲れてくる。藤九郎の見慣れない剣法に敵も警戒している。状況は良くない。

このままでは半刻ももたずにやられてしまう。
七、八人は倒したが武士はまだ二十五人以上も残っている。匕首《あいくち》を握った悪党もかなりの数だ。警戒しながら包囲した輪を少しずつジリジリと詰めてきた。かつてない苦戦に藤九郎は追い詰められた。
返り血を浴びながら藤九郎は前に出るが、敵は警戒して間合いを取り突っ込んでこない。

猛烈に強い藤九郎の疲れを待っているのがわかる。

さすがの藤九郎もこのままではまずいと思う。

武士たちの中に何人かいい剣を使う武士がいる。敵も剣客を選んできているようだった。相当に計画された黄金の強奪事件だ。

赤松左京之助も馬を捨てて藤九郎の傍に駆けつけた。

その左京之助も傷ついている。それを見て藤九郎は焦った。

藤九郎の居合は待ちの剣である。打ち込んでくる敵には無類の強さを発揮するが、間合いを取って待たれると敵が動くのを待つしかない。自分から仕掛けることも考えられるが、守りが手薄になって他の四人が斬られる可能性がある。

既《すで》に五人のうち三人が傷ついた。

それでも三人は浅手《あさで》だからいいが深手《ふかで》を負うとまったく動けなくなる。

藤九郎は武士たちの中に居合を知っている者がいると感じた。居合は出羽で生まれた剣法だが、上方や西国にも広く伝わっている。居合を使う強い剣客は上方や西国の池田《いけだ》家や紀州徳川家に多い。関東では武蔵川越《むさしかわごえ》や武蔵一《いち》の宮《みや》などに広がっている。

藤九郎は無理をしないで敵の動きを待った。

双方が疲れ、戦いは膠着《こうちゃく》した。

「どうするッ、このままではまずいぞッ！」

「荷積みができないと船を出せないッ！」

「援軍が来るのではないかッ？」

敵も迂闊《うかつ》に動きが取れず焦っている。一気に五人を倒した藤九郎の剣を見て、その強さを警戒しているのだ。戦いが長引けば盗賊たちが不利になる。それを気にしている武士がいた。

「高田城の松平家から援軍が来るとまずいぞッ！」

「早いとこ決着をつけようッ！」

「よしッ！」

まったく無傷の十五人ほどが間合いを詰めてくる。

藤九郎は足の位置を決めて柄を握って居合の構えを取った。その時、松の砂浜に馬が駆けつけて大声が響いた。

「待てッ、待てッ、待てーッ！」

馬に乗った青田孫四郎が駆けつけてくる。その後ろに勘兵衛がいた。二人を藤九郎が確認して柄を握った力が緩んだ。

「引けッ、引けッ、北町奉行米津勘兵衛さまである。おのれらの策は破れたッ。神妙にしろッ！」

「北町奉行だと？」

「気にするな。援軍は二人だけだッ！」

「早く片づけてしまえッ！」

孫四郎と勘兵衛に数人の武士が向かって行く。盗賊たちは二人だけの援軍だと甘く考えたが、勘兵衛も孫四郎も剣に自信のある剣客だ。馬から飛び下りると襲い掛かる武士と激突。勘兵衛がいきなり一人を斬り捨てた。

孫四郎も大暴れで藤九郎たちに近づこうと奮戦する。

「死にたいかッ？」

そう叫びながら孫四郎が突進した。

「まずいぞッ、船で逃げようッ！」

怯《おび》えて焦った敵が逃げ腰になりばらけた。藤九郎は船に走っていって逃げられないように立ち塞がった。素早く逃げようとする敵を一人、二人と斬り倒す。

勘兵衛と孫四郎の奮戦でたちまち乱戦になった。敵もなかなかに強い。だが、戦いの最中にどうしたことか船が岸を離れていく。

これ以上、湊に留《とど》まるのは危険だと判断したのだ。

藤九郎に阻まれて盗賊たちは船に逃げ込めない。だが、戦いはまだ敵の方が多勢で有利だった。双方ともここが踏ん張りどころで厳しいところだ。

それでも勘兵衛と孫四郎が現れたことで、藤九郎たち五人がなんとか危機を脱した。

船がゆっくり岸を離れたことで盗賊たちの戦う気力が萎《な》えた。

「逃げるのかッ？」

「置き去りにするつもりだぞッ！」

「船を戻せッ！」

大慌ての盗賊たちだ。船は仲間も積み荷も捨てて陸から離れてしまった。

その時、ターンッ、ターンッと二発の銃声が響いた。

勘兵衛たちを包囲していた敵が振り向くと、宇三郎たち十騎が「ウオーッ！」と叫びながら猛然と突進してくる。

「援軍だぞッ、逃げろッ！」

「逃げるなッ！」

「もう駄目だッ、高田城からの援軍だッ！」

「くそッ、船が……」

形勢が一気に逆転する。

長駆の宇三郎たちは戦えないほど疲れ切っていたが数は力である。怒濤《どとう》の突撃に敵は震え上がった。

じりじり追い詰められていた孫四郎と市兵衛が、息を吹き返して敵に突進、次々と斬り倒して包囲を突破する。藤九郎も敵に向かって行った。

「逃げろッ！」

怯えた敵の二、三人が逃げ出した。それを市兵衛が追う。

「市兵衛ッ、追うなッ！」

勘兵衛は逃げる者は殺す必要がないと思う。追撃は必要ない。このような無謀な計画では無理だったと首謀者に伝わればいい。こんな事件が二度とあっては困るのだ。

「歯向かう者はすべて斬り捨てろッ！」

そう命じた勘兵衛の前に敵の大将が立った。

その男は無言で刀を構える。

「お奉行、それがしが！」

青田孫四郎が勘兵衛に変わろうとした。

「よい。この者はわしが斬る！」

「イヤーッ！」

いきなり大男が上段に剣を上げて勘兵衛に襲いかかってきた。

若い頃は浜松で新陰流四天王の奥山休賀斎から剣を学び、関東に出てからは御《み》子神典膳《こがみてんぜん》から一刀流《いっとうりゅう》を学んだ勘兵衛である。

その腕は衰えてはいない。

上段から斬り下げてくる剣に擦《す》り合わせると、間合いを詰めて敵の右胴から左脇の下に斬り上げた。見事な逆袈裟斬りである。勘兵衛の剣は戦場で戦ってきた武将の剣といえる。

藤九郎も強い二人の武士と戦っていた。

だが、藤九郎の居合の敵ではなかった。たちまち二人が倒される。

たちまち浪人姿の武士はほとんどが斬り倒された。逃げたのは三人だけだ。その三人は北国街道に出ると西に向かって走った。

海に出た船も西に向かっている。宇三郎たちが駆けつけて戦いは終わった。

「荷を馬と荷車に積み直せッ！」

「急げッ！」

青田孫四郎が人足たちに叫んだ。

「お奉行！」

「うむ、宇三郎、ここに残って後片付けをしろ、松平家の役人が来るだろうから、老中土井利勝さまのご命令で盗賊を討ち果たしたと言えばいい」

「はい！」

「わしは荷駄隊を率いて出立する。追いつけ……」

「畏まりました」

後始末に宇三郎と孫四郎が残り喜平次と右衛門も残った。

勘兵衛は荷駄に御用の札を立てさせると急いで関川宿に向かった。

御用金を狙ったのが誰なのか、何んの目的でこのようなことをしたのかなど勘兵衛は何も調べなかった。まだ心もとない幕府の権威のために、闇から闇に葬らなければならない事件である。

傷ついた三人は浅手で手当てを受けると馬に乗れた。

御用金を無事取り戻した勘兵衛一行は一気に北国街道を南下して、追分宿から中山道に出ると板橋宿から江戸に入り、金は本石町の金座に入れ、銀は京橋の銀座に運び込んだ。

そのことがすぐ老中土井利勝に報告されると、その夜、勘兵衛が土井利勝の屋敷に呼ばれた。城中以外で会うのは珍しい。

土井利勝は上機嫌で勘兵衛に酒を勧めた。

「ご苦労だった。みな殺したか？」

「三人だけ逃げましてございます」

「逃がしたか？」

「はい、このようなことをしても無駄であると伝わるかと存じます」

「うむ、愚かなことをするものだ」

「何か不満でもあるのでしょうか？」

「不満のある大名家は少なくないのよ」

「やはり外様？」

「いや、必ずしも外様とは限らない。将軍家の身内にも何かと難しい方はおられるのだ。そのようなことは口外できない」

「はい……」

あまり笑わない利勝がニヤリと笑った。

利勝は将軍秀忠の言うことを聞かない越前北ノ庄《えちぜんきたのしよう》の松平忠直《ただなお》のことを言っていた。

忠直は高田城の松平忠昌の兄で結城秀康の長子である。結城秀康は将軍秀忠の兄で秀吉に人質に出されなければ、その秀康が将軍になっていたかもしれないのだ。そんなことから忠直は叔父の秀忠に不満で、将軍の言うことに逆らい続けている。

「色々なことがあってこの事件は闇から闇へ、なかったことにするしかなかったのだ」

それを考えると土井利勝が事件解決に上機嫌になるのもわかる。勘兵衛はそんな越前の経緯を知っている。口には出せない幕府の秘密である。やがて忠直は将軍秀忠の逆鱗《げきりん》に触れて隠居をさせられるのだ。

「佐渡の金は大久保石見守さまが、奉行をしておられた頃から見るとずいぶん少なくなった。最盛期の半分ほどとも言われているのよ」

「半分？」

「うむ、このままでは幕府も苦しくなる。いずれ権現さまの遺産金に手をつけなければならなくなるだろう」

利勝は江戸の人々の生活は貨幣で動くようになっていると思っていた。地方のように米が貨幣の代わりをする物々交換はもう江戸では見られない。江戸は金貨で動き上方では銀貨で動いている。そんな貨幣経済が急速に進み始めているのだ。金銀はいくらあっても足りなくなると考えていた。

土井利勝の頭の痛いところだ。

「江戸は悪食で金も銀も何んでも呑《の》み込む。佐渡からの金はたちまち小判に変わってしまう。だが、金七十貫は小判にすると一万五千両ほどにしかならんのだ」

慶長小判の金の含有量は四匁《もんめ》七分《ぶ》六厘《りん》と決められている。金の量目の多い価値の高い小判だった。

幕府はその小判の価値を安定させようと、この四匁七分を維持しようとするが金の産出が少なくなり、天保《てんぽう》小判は三匁、安政《あんせい》小判は二匁四分、万延小判にいたっては八分八厘と一匁の金も含まれなくなる。

幕府の財政は幕末に向かって逼迫《ひっぱく》していく。

八代将軍吉宗が享保の改革を行い幕府は倹約《けんやく》をするようになる。それは庶民にも命じられた。だが、そんな改革で幕府の財政が立ち直るほど甘くはない。幕府の財政は幕末に向かって苦しくなって行くのだ。

松平定信《さだのぶ》が寛政《かんせい》の改革を行い、天保の大飢饉《だいききん》や打ちこわしなどに見舞われて、水野忠邦《ただくに》は天保の改革を断行する。だが、顕著な効果は見られず幕府は徐々に追い詰められていくことになる。

江戸幕府は二百六十年の間に何度も小判を鋳造《ちゆうぞう》した。

慶長小判は千四百七十万両、元禄小判は千三百九十万両、宝永《しようとく》小判は二匁五分と金の含有量を半分にして千百五十万両、四匁七分に戻って正徳小判が二十一万両、享保小判が八百二十万両、元文《げんぶん》小判が三匁五分で千二百万両が鋳造され、以後、金の含有量が四匁七分に戻ることはなく鋳造量も激減する。

天保小判が八十一万両、安政小判が三十五万両、最悪の小判である万延小判は六十二万両が鋳造され、以後、小判は作られず明治になると一両が一円で交換された。幕藩体制が一気に消滅するのである。

「佐渡は銀が多い。金はどこの山もだいぶ掘られたからな」

「ずいぶん古い山もあるようですが？」

「うむ、昔は砂金があちこちから採れたようだ」

既に掘りつくされて閉山になった山もある。

土井利勝は幕府を安定させるためにも金銀が欲しい。豊臣家も秀吉の七百万両をほぼ使い果たして滅んだ。

徳川家も同じ運命をたどらないとは言えないのである。

戦いになれば百万両や二百万両はたちまち消えてなくなる。兵を動かすということはそういうことなのだ。

その夜、土井利勝と勘兵衛は気持ちよく酔った。

翌朝、勘兵衛は登城して老中へ正式に事件の顚末《てんまつ》を報告する。この事件は外部に漏れることなく闇から闇に葬られた。

「京の六条河原と越後の直江津で北町奉行所の大捕りものがあったらしいな？」

「おう、江戸から追って行ったらしいぞ」

「両方とも皆殺しにされたようだ。凶悪犯は許さないというのが鬼の奉行だから、江戸で仕事をする悪党は命がけだぜ！」

「それでいいのよ」

「江戸は日に日に大きくなるから事件も多い。殺しなど毎日だもの……」

「ああ、困ったもんだ」

真相を知らない人々は好き勝手な噂をする。

第八章　お銀《ぎん》の悩み

夏になると奈良にいた加茂の松之丞が、怪しげな一座を率いて江戸に向かった。

女歌舞伎や若衆歌舞伎、軽業師や傀儡師も含まれている。傀儡《くぐつ》とは人形をつかう門付け芸人のことで、流浪《るろう》の民といわれその発祥は定かではない。源流は天竺《てんじく》や南蛮《なんばん》だとも言われる。

平安期から存在していて傀儡師は手品、剣舞、相撲《すもう》などのおもしろい芸を見せ、傀儡女は禊《みそぎ》や祓《はら》い、歌や踊りなどをするが望まれれば客と閨《ねや》をともにした。遊女の一種ともいえる。

松之丞の愛人は真菰《まこも》の宗次郎という。

この二人は小五郎や弥平と同じ飛鳥の武兵衛の子分だった。

真菰というのは水辺の草で、新芽はマコモダケといって食用になる。薬草でもある。宗次郎の生まれた出雲《いずも》ではマコモの神事が行われ、真菰を砂の上に敷いてその上を宮司《ぐうじ》が歩いた。

真菰には神威が宿るとされ、参詣者たちはその真菰を持って帰り、自宅の神棚に飾ったり風呂に入れたりした。その神聖な真菰を名乗るとは不届きな盗賊である。悪党は独特の粋がりをするものだ。

松之丞一座はあちこちで小屋をかけて芸を見せながら東に向かった。

その一座の中に何人も浪人がいたが、長州浪人関隼人正と近江《おうみ》浪人尾崎馬太郎《おざきうまたろう》という二人の剣客がいた。

剣は関隼人正が数段上だったが、尾崎馬太郎は人殺しを楽しむような乱暴な剣を使った。そんな物騒な連中が江戸に向かっている。兄貴分の小五郎と弥平がやられたのだから北町奉行をおもしろくない。

そんな時、女密偵のお香がおもしろい話を拾ってきた。

鳥越《とりごえ》神社に近い裏長屋に定次《さだじ》とお時《とき》という仲のいい夫婦がいたのだ。

夫の定次は丈夫な質《たち》ではなく病がちで、お時が働きに出て貧しいながらも二人は好き合って暮らしていた。

ところがその定次が流行《はや》り病にかかって起きられなくなった。

お時は定次の看病をしたり働きに出たり、なんとも健気《けなげ》だったがそのお時も流行り病に倒れてしまった。

定次はわずかな貯えをすべてはたいて、お時のために医師を呼んで薬湯などを飲ませたが、病は重くお時の方が亡くなってしまう。

お時の遺骸《いがい》が寺に運ばれて住職が供養《くよう》して埋葬したのだが、その住職が日々の読経《どきょう》を始めるとお時の幽霊が出てくるのだそうだ。

住職は成仏《じょうぶつ》できないのかとお時の幽霊から話を聞いた。

するとお時が言うには、夫の定次のことが心配で心配で、あの世とやらに行けないのだという。

「お時さん、死んだ者が生きている者の心配をしても仕方ないじゃないか？」

住職がお時の幽霊を諭《さと》した。

「和尚さま、夫はわたしが病になったばっかりに、なけなしのお足を全部使ってしまい、このままではとても生きていけません。それを考えると心配でどこにも行けないのでございます」

幽霊は心配事を住職に話した。

「死んだ者がそんなことまで心配していては……」

「そうなんですが和尚さま、どうか定次さんを助けていただけないでしょうか?」

やさしいお時の幽霊が住職に懇願する。

「お前さんがそんなに心配では浄土に行けまいからのう。わかりました。長屋に行って様子を見て来ましょう」

幽霊と約束した住職は定次の長屋に行って見た。するとお時の幽霊が心配するのも無理はなく、定次は病の上に食べるものもなくなって、お時の後を追うしかなくなっている。

「これはいかんな……」

住職は長屋を一軒ずつ回ってお時の幽霊の話をした。

「そうですかい、お時さんが定次さんを心配してねえ……」

「仲のいい夫婦だったからね……」

「それで和尚さん、あっしらに何をしろと?」

「それなんだが、長屋の衆に定次さんを助けてもらいたいんだが?」

「そういうことであれば……」

住職の話に納得した長屋の者たちが定次の看病を始めることになった。寺に戻ると心配なお時の幽霊が出てきた。

「お時さん、もう心配ないよ。長屋のみなさんが助けてくださるそうだから……」

「和尚さま、ありがとうございます」

お時の幽霊は何度も何度も住職に礼を言って消えた。そのお時の幽霊は長屋にも現れ一軒一軒礼を言うのだそうですと、お香が半左衛門に不思議な話をした。

「それでその幽霊はどうなった？」

「それなんですが、長屋のみんなに助けられて定次が元気になり、仕事もできるようになると、お時さんの幽霊は寺にも長屋にも出なくなったそうです」

「ほう、それは良かったな。そのお時の幽霊は安心して西方浄土に行ったのだ」

「はい、そう思います」

「夫婦というものはいいものだな。定次はお時の幽霊に出て来てもらいたいだろうよ」

「ええ……」

「ところでお香、お前はどこかに片づく気はないのか？」

「長野さま、こんな大年増《おおどしま》を嫁になどする人はおりませんから……」

「いやいやお香、そんなことはないぞ。わしがあと二十も若ければお前を口説《くど》いておった。いい女だからな……」

「まあ、そんなことを仰《おつしや》ってはいけません」

ニッと微笑んだお香はうれしそうだ。そのお香もいい男の青木藤九郎が好きなのだが、そんな気持ちを誰にも話していない。いつも物静かなお香だが胸の中には藤九郎を思う熱い血を持っている。

お香の気持ちを知らない半左衛門はお香にも幸せになってもらいたいと思う。お豊が先になってしまい八丁堀でお豊を見かける度《たび》に、お香をなんとかしたいと思う半左衛門なのだ。

その頃、越後から傷ついて帰った甲賀組の岩室家に望月《もちづき》宇三郎が見舞いに現れた。

「具合はいかがか？」

「ただの掠《かす》り傷です。ご心配なく……」

「金瘡《きんそう》はこじらせるとまずいゆえ大切にしてもらいたい。これはお奉行から些《さ》少《しよう》ではあるがお見舞いである。また、これからも助勢いただくこともあろうとのことで、その時は快《こころよ》くお受け願いたいということであります」

「はい、このようにしてもらっては……」

「いや、お聞きしました。船上の鉄砲使いを一発で海に撃ち落としたと、さすが上さまの鉄砲組でござる」

「何んとも恥ずかしい限りにて、鉄砲組は鉄砲を撃つだけが仕事でございます」

「なるほど……」

宇三郎が辞する時、七重とお銀も出て来て見送った。宗右衛門に対する勘兵衛の見舞金は奮発して三十両だった。ケチな奉行にしてはずしりと重い見舞金である。

それを聞いてお銀は大好きな勘兵衛がきっと奮発したんだと思う。すぐにでも会いに行きたいお銀だが我慢している。そのお銀に再婚の話が持ち込まれて少しもめていた。

お銀が嫁には行きたくないというのが、こじれている理由でなぜなのかを言わない。

言わないというより、十年後に北町奉行の米津勘兵衛の側室になる約束があるなどと言えないのだ。だが、兄の宗右衛門に行きなさいと命じられれば、従わなければならない辛《つら》い立場なのだ。

勘兵衛とのことは医師の石庵しか知らないお銀の秘密だ。

お喋《しゃべ》りで裏切り者の小平太にも洩《も》らしてはいない。

「お姉ちゃんのお嫁さんの話、いいところからだってさ……」

「ふん、そうなの？」

「どこかって聞かないのかい？」

「聞いて欲しいの？」

「そうでもないけどさ……」

相変わらず小生意気な小平太だ。

「聞いてやってもいいけど、どこなの？」

「聞いたらお嫁に行く？」

「ふん、それとこれとは違うでしょ？」

「どうしてさ？」

「嫁にもらいたいというのがどこなのかと、あたしがお嫁に行くか行かないかという話は別でしょ？」

「どうして？」

「別々の話じゃないか？」

「おんなじだよ。繋がっているじゃないか？」

「別々なの！」

「おんなじだと思うけどな？」

「じゃ、聞いてあげない！」

「聞いてよ。自分のことじゃないか？」

「別々ならね！」

お互いにどこか天邪鬼《あまのじゃく》なのだ。聞きたいお銀と喋りたい小平太なのだが素直じゃない。

「伊賀組の同心だってさ……」

「ふん、伊賀組？」

「お姉ちゃんを見て惚《ほ》れちゃったんだってさ……」

「お前、そんな言葉どこで覚えたの！」

お銀が生意気な口を利《き》く小平太を怒った。

「父上がそう言っていたんだ。悪いかい？」

「子どもがそんなことを言うものじゃありません！」

「惚れちゃったって、好きになったということでしょ？」

「とぼけんじゃないよ。自分のことじゃないか？」

小平太は乱暴な言葉でも何でも覚えてしまう。覚えたことはすぐ口にしたい年ごろだ。

「母上が言っていたよ。うちは結構苦しいんだってさ……」

「なにそれ……」

お銀がむっとした顔になった。

「知らねえよ」

賢い小平太は母親の七重が、お銀に早く嫁に行ってもらいたいと思っているのだとわかっている。だが、そのことに小平太は反対なのだ。大好きなお銀がいなくなるのは嫌だと思っている。

毎日のように口喧嘩をする二人だが姉弟のように仲がいいのだ。

「お姉ちゃんはいい匂いがするから好きだ」

などと照れて言う小平太を可愛いとお銀は思う。

小平太はお銀には嫁に行ってほしくない。小平太に言わせれば「寂しくってしようがない」ということだ。

「お姉ちゃんにお嫁に行ってほしくないから言っているんだから……」

「そうなんだ」

「お嫁に行きたいのかい？」

「行きたくない」

「どこかに好きな人でもいるの？」

「うん……」

「誰だい？」

「それはね、小平太ちゃん……」

「カーッ、嘘《うそ》だいッ！」

小平太が顔を歪《ゆが》めて拒否するが、内心ではうれしくてたまらない。そんな小平太の腕を引っ張ってお銀が抱きしめた。

「苦しいッ、苦しいよ！」

「嘘じゃないから……」

「わかった。わかったから、放しておくれ！」

小平太がもがいてお銀からすり抜けて逃げる。小平太は七重の密偵でもありお銀の密偵でもあった。隣近所のことまで色々なことを知っている。

迂闊なことを言うと七重だけでなく近所にまで喋って歩くお喋りだ。

「伊賀組か……」

お銀は宗右衛門の俸禄《ほうろく》が少なく、岩室家が貧乏なのはわかっていた。

それを言われると出戻りのお銀は辛い。七重のやり繰りの苦労もわかっている。

「どうして伊賀組なの……」

お銀がため息をついた。

鉄砲組はどこの家も貧しいことをお銀は知っている。そんなところからいきなり、嫁に欲しいと言われても困るというのがお銀の本音だ。

好きな人とならどんな苦労もいとわないが、伊賀組のどんな家なのかもわからないのにいい返事などできない。だが、出戻りのお銀はわがままを言えないのだとわかっている。

相手のことがわかってからでは断りにくくなる。

兄の宗右衛門は妹の再婚を強く望んではいなかった。一度、嫁に行って失敗しているお銀に宗右衛門は理解があった。

四人は仲がいいだけに苦しいと言われるとお銀は考えてしまう。

そういうことを生意気な小平太は平気で口にする。それを聞いたお銀はどうしようかと悩んだ。

そんな時、お銀が行くところは四谷の石庵のところだ。

近所だから気軽に行きやすかった。

「石庵さん、今度は伊賀組からだって?」

「ほう、お銀さまは美人だから一目惚れでしょう」

「冗談じゃないの、困っているんだから……」

「困ることなどございませんよ。お銀さまは北町のお奉行さまの側室と決まっていなさるんですから……」

「そうなんだけど、それは十年後でしょ?」

「ええ、十年なんてすぐでございます」

「三十を超えてしまうもの……」

冷静に考えると若い女の十年は結構大切なのだ。

「それじゃ、嫁ぐ決心を?」

「そんな簡単に決心なんかできません」

怒った顔でお銀が石庵をにらんだ。その石庵もお銀を嫁にもらいたいという縁談話を一つ持っていた。だが、こうなると話を切り出しにくい。

「伊賀組では嫌だと？」

「嫌だというか、鉄砲組は……」

「そうですが、将軍さまの鉄砲組でございますよ」

「そこが難しいところなの……」

将軍さまのとか、上さまのと言われると困る。

「確かに……」

石庵もお銀の言いたいことはわかる。もう、戦いのない世になって鉄砲組など無用の長物《ちょうぶつ》になりつつある。

平時の鉄砲組は江戸城大手三之門《おおてさんのもん》の百人番所に詰めていた。

将軍が城から出て、寺参りなどに行かれるような時は、その寺の山門警備などを命じられた。

万一にも江戸城の将軍が逃げる場合、内藤新宿から甲州街道を八王子に行き、甲斐の甲府城に入ると家康が考えたのだ。

本来の鉄砲組の目的は、その将軍を護衛するため伊賀、甲賀など鉄砲の扱えるものを、特別に四組編成して各組百人の鉄砲隊を四谷に配備したのである。

非常時に将軍を守る鉄砲隊なのだ。

だが、江戸城の将軍が逃げるなど泰平《たいへい》の世になり、そんな戦いが起きるとは考えにくい。将軍が江戸城を出て甲州に向かう時は、家康が開いた幕府が潰れ日本が大混乱する時だ。

そんな時が来るとは誰も考えていない。

無慈悲な乱世に戻ることなどもうこりごりなのだ。

この鉄砲組は鉄砲百人組とも言われ、お銀たちの住む辺りは百人町《ひゃくにんちょう》などとも呼ばれたが、伊賀組、根来組など組によって住んでいるところが少し違っていた。

組ができた時期も違っている。

根来組が早く、秀吉の紀州攻めで根来寺が焼き討ちされ、七十二万石の寺領、二千七百の坊舎、一万人の僧兵を誇った根来寺も姿を消した。その根来衆が家康の配下になったのである。

根来寺は高野山から分かれた寺だった。

明智光秀の裏切りによって本能寺で信長が倒れ、その時、家康はわずか三十四人の家臣という手薄な状況で堺にいた。その家康が伊賀越えで逃げた時に助けたのが伊賀衆だったのである。

家康がまだ幼かった時から服部半蔵《はっとりはんぞう》という伊賀の忍びが傍にいた。

甲賀組は関ヶ原《せきがはら》の戦いの時、伏見城《ふしみじょう》の戦いで討死した甲賀衆の子弟を、家康は集めて配下にして与力十人同心百人を編成して鉄砲組とした。

各鉄砲組は似たような生い立ちだった。

この他には先手《さきて》組などがあり、弓組を十組、筒組という鉄砲組が二十組などで編成され、江戸城の各門の警備をしている。一組の与力は五人から十人で、同心は三十人から五十人でできていた。

厳重な江戸城の守りである。

四十四年後の寛文《かんぶん》五年（一六六五）にこの先手組の加役として盗賊改《あらため》ができ、六十二年後に火付改ができて火付盗賊改方が誕生する。まだ、ずいぶん先のことで長いこと江戸の治安は南北両町奉行が担っていた。

その一翼を担っているのが北町奉行の米津勘兵衛なのだ。

お銀に縁談の話をされても石庵は困るのだが、お銀が北町のお奉行に会いたいのではと思いながら聞いている。

石庵が持っている縁談話は鉄砲組と似たような先手組からのものだった。

江戸は広いようだが石庵のような医師は、あちこちに呼ばれるから江戸と言えどもそう広くは感じないのだ。石庵は色々な頼みごとをされることが多い。ことに武家は表沙汰《おもてざた》にしたくないことがある。

「お奉行さまにお会いになられてはいかがでしょう？」

「それは……」

お銀が泣きそうな顔で首を振って拒否する。

今、大好きな勘兵衛と会ったら泣いてしまいそうだ。そんなところを見られたくないと思う。

女王札のお銀はお奉行の側室を望んだ強い女だが恋心は別だ。

その勘兵衛にやさしい言葉をかけられて、泣き崩れるところなど絶対見られたくない。

お銀が恨めしそうな顔で石庵をにらんだ。

覚悟はしていても再婚の話はお銀の悩みなのだ。すぐにでも勘兵衛の側室になりたいが、そんなことを言えば嫌われそうで怖い。

第九章　鈴菜《すずな》の末吉《すえきち》

江戸に向かう松之丞一座は名古屋《なごや》城下で小屋をかけた。

小屋掛けして一ヶ月近くなり、海から這《は》い上がってきた夏がカッと暑くなった。

家康が力を入れて築いた名古屋城は威風堂々で、その城下も目覚ましい発展期を迎えていた。

信長と秀吉という二人の英雄を生んだ尾張《おわり》には独得の誇りと文化がある。

「そろそろ発《た》つか？」

「そうだね……」

宗次郎は名古屋に飽《あ》きてきている。

「それじゃ、今夜だな？」

「いつものことだが関の旦那が……」

「あの旦那は殺しの仕事はしたがらねえが、やっとうの腕前は尋常じゃねえ、いてもらうだけでいざという時に役に立つ、放っておけばいいのだ、女を抱いていれば機嫌のいい旦那だ」

「そうだね。仕事は尾崎の旦那がいれば問題はない」

この頃、名古屋には家康が作った飛田屋町廓《くるわ》があった。

名古屋というところはおもしろいところで、後に西小路遊郭、富士見原遊郭、葛町《かづらまち》遊郭など次々と作られるが禁令が出て長続きせず、名古屋では専ら百花《もか》と呼ばれる私娼《ししょう》がいた。

日出町《ひのでちょう》に遊郭ができるのは明治になってからだ。

関隼人正は尾崎馬之助と違って、皆殺しの外道は好まなかった。酒があり女がいればご機嫌という男だった。

一座の者は隼人正の凄腕《すごうで》を知っていて何も言わない。

松之丞と宗次郎も隼人正は必ず役に立つ男だからと好き勝手を黙認している。

「今日は小屋を壊して名古屋を出よう……」

「何人残る?」

「七、八人もいればいいだろう」

宗次郎は既にどの店を襲うか決めていた。

大きな仕事でなく四、五百両にもなればいいと考えている。

その日の午後に宗次郎の率いる一座は名古屋を発つと、鳴海宿《なるみしゅく》を通過して池鯉鮒宿《ちりゅうしゅく》に向かった。

仕事をする松之丞と七人は名古屋に残った。

その中に浪人が二人いた。尾崎馬太郎ともう一人は岡田昌次郎《おかだまさじろう》という剣客である。

松之丞は配下を率いると熱田《あつた》神宮の門前の宮宿《みやしゅく》に向かった。熱田宿とも宮宿とも呼ばれ、伊勢桑名《くわな》に渡る東海道七里《とうかいどうしちり》の渡《わた》しといい、旅人や荷を運ぶ船の発着宿として栄えている。

その宮宿の油問屋を襲った。

いつものように家人や奉公人など六人をみな殺し、五百両あまりを奪うと東海道を池鯉鮒宿まで、四里二十町（約一八・二キロ）あまりを一気に逃げた。

まだ暗いうちに早立ちの宗次郎一行に追いついて東に向かった。

置き去りを食った関隼人正は、二日ほど遅れてブラブラと暢気《のんき》に歩いて行く。

次の小屋掛けは駿府城下だとわかっている。

のんびり旅で血なまぐさい松之丞一行に追いつく気はない。

腰に下げた小瓢箪《こひょうたん》には水ではなく酒が入っていて、時々立ち止まってチビリちびりやりながらの旅だ。

道端に座るとそのまま寝たりする。

じりじりと陽《ひ》に焼かれて酒焼けと一緒になって色が黒い。

二日遅れが三日遅れ四日遅れになるが気にしない。旅籠《はたご》では酒を飲み必ず飯盛女《めしもりおんな》を抱いた。

何《な》んともおかしな剣客だ。

酒で血走ったような赤い目が鋭い。酔っても油断していないことがわかる。

隼人正は若いようでもあり四十を超えているようにも見えた。その隼人正が掛川《かけがわ》城下まできて逆川《さかがわ》の土手で斬り合いに出会った。

そんな争いを見ても隼人正は暢気な顔である。

掛川城は今川の家臣の朝比奈《あさひな》家が、逆川の北岸龍頭山《りゅうとうざん》に築いたのが始まりで、山内一豊《やまうちかずとよ》が改築した城だった。

逆川は暴れ川で洪水が起きると度々《たびたび》堤《つつみ》を決壊させた。

そのため欠川と呼ばれたのがいつしか掛川となったという。斬り合いは双方が武士だった。

「やれやれッ！」

隼人正は仲裁する気がなく、小瓢箪の酒をなめながら斬り合いをけしかける。

二人の武士の剣の腕を見て隼人正は笑いたくなった。人前で斬り合いをするような腕ではない。双方が逃げ腰で見ている野次馬が笑ってしまう。

「おい、どっちかに味方してもいいぞ。わしは相当強い。よって助太刀《すけだち》料は高い。十両でどうだ？」

「うるさいッ！」

「ほう、おぬしは雇う気はないか？」

「うるさいッ！」

「高いか。五両でどうだ。五両なら安いだろ？」

「うるさいな……」

隼人正が助太刀の声をかけたので二人は斬り合いを止めた。

「五両でも高いか、三両でどうだ？」

「うるさいッ！」

怒った二人が刀を収めて土手を逆に歩いて行った。

「腰抜けめ、三両なら安かろうに……」

隼人正はブツブツ言うが二人の武士は、邪魔されて斬り合う気がなくなったのだ。

「詰まらねえ喧嘩《けんか》だぜ……」

小瓢箪を腰に吊《つ》るすと隼人正も歩き出した。助太刀が斬り合いを止めさせたのだからおもしろい。「やれやれ」とけしかけられると喧嘩もやりたくなくなる。

何んとも締まらない喧嘩騒ぎだ。

日坂宿《にっさかしゅく》に着いた時、もう夕刻で旅人は次々と旅籠に入るが、隼人正は旅籠をチラッと見ただけで通過した。隣の金谷宿《かなやしゅく》までは一里二十四町（約六・六キロ）だが、夜泣き石のある難所の小夜《さよ》の中山峠《なかやま》がある。その峠に登って行くと山の上で薄暗くなってきた。

歩いているのは隼人正一人で前にも後ろにも人影がない。

東海道も夜になると寂しくなる。

「これが夜泣き石か？」

立ち止まると隼人正は人の気配を感じた。

「いい度胸をしているな？」

傍《そば》の藪《やぶ》から荒くれの野盗が三人出てきた。この中山峠に巣を作っている質《たち》の良くない山賊だ。夜の旅人は珍しいのだ。昼でも旅人から銭を奪う。

「わしのことか？」

「この野郎、横着だぜ！」

「待て、待て、腕に覚えがあるのだろう……」

頭らしい男が二人を制して前に出た。隼人正は戦いの間合いを見ている。

「酒代《さかだい》でいいんだ。武士は相身互いだろう？」

「わしに銭をくれというのか？」

「酒代だ……」

「わしは相当強いぞ。おぬしら酒代欲しさで戦えば命を落とすがいいのか？」

前に出た頭が警戒して二歩、三歩と後ろに下がった。そこに遅れて野盗二人が現れた。

「五人か、丁度いいな……」

「気をつけろッ、こ奴《やつ》は強いぞ！」

野盗が警戒すると少し酔っている隼人正が刀を抜いた。袈裟斬りを得意とするタイ捨流独特の構えを取る。隼人正のタイ捨流は正当なもので盗賊を斬るような剣ではないのだ。

タイ捨と書くのはすべてを捨てるという意味なのだ。

「この野郎、妙な剣を使うぞッ！」

「油断するなッ！」

その瞬間、隼人正が動いた。

突進すると後ろに下がろうとする男を隼人正が袈裟に斬り捨てた。返す刀で槍を構えた男に体を寄せて逆袈裟に斬り上げる。逃げる男を追って後ろから「シャーッ！」と袈裟に斬り下げると、吹っ飛ばされるように男が頭から藪に突っ込んで行った。

隼人正が振り向くと頭と配下の男が転がるように坂下へ逃げて行った。

「口ほどにもねえ……」

懐から懐紙を出すと刀の血を丹念《たんねん》に拭き取って紙を捨てた。

刀を鞘《さや》に戻すと小瓢簞の酒をちびちびやりながら、何ごともなかったように星明かりの白い道を金谷宿に歩いて行った。

金谷宿の旅籠に上がると飯盛女が遅い夕餉《ゆうげ》を運んできた。

「大井川《おおいがわ》の水はどうだ？」

「はい、夏ですからずいぶん少ないそうです」

「そうか、少ないか……」

「お武家さま！」

「なんだ？」

「袴《はかま》に血じゃないですか？」

「うむ、そうだ。後で洗ってくれるか？」

「いいですけど……」

「峠で野盗五人に襲われた。三人を斬り捨てたが二人に逃げられた」

「三人？」

「役人が調べに来たらそう言ってくれるか？」

「いいですけど……」

「そなた今夜、空いているか？」

「うん……」

「いいのか？」

「いいけど、人を斬ったからって乱暴にしちゃ嫌だよ？」

「心配するな。たっぷり可愛《かわい》がってやる。わしは剣も強いが女にも相当強い」

「うん、そう思う……」

腹の空《す》いていた隼人正が酒を飲まずに飯をかきこんだ。それを女が驚いた顔で見ている。その夜、女は逃げるに逃げられず、血に酔った隼人正にボロボロにされた。

関隼人正はつかみどころのない男だった。

その隼人正があっちに引っかかり、こっちに引っかかりしながら松之丞一行より七日も遅れて駿府城下に現れた。

だが、一座に顔を出さないで真っ直ぐ二丁町《にちようまち》の遊郭に入ってしまう。その遊郭で隼人正はばったり宗次郎と出会った。

「おう、宗次郎、おぬし松之丞がいいのではないか、器用だな？」

「これは旦那、早いことで……」

「うむ、今、着いたばかりだ。そう松之丞に伝えておけ……」

「へい、旦那、少しですが？」

「そうか、すまないな」

宗次郎が隼人正に十両を渡した。

「次は江戸か？」

「旦那は江戸に入らないで川崎宿《かわさきしゅく》あたりでしばらく遊んでいてください。隠れ家を作ってから誰かを呼びに行かせますので……」

「そうか、川崎宿だな。品川へ行って遊んでもいいか？」

「へい、結構ですが、一晩だけにして長逗留《ながとうりゅう》はしないでいただきたいのですが？」

「わかった。そうしよう」

宗次郎は品川宿に長逗留して散財すると怪しまれると考えている。川崎宿と品川宿を行き来するのであれば心配ないと思う。江戸には鬼より怖い北町奉行がいるとわかっている。

「すぐ隠れ家を用意します。そう長いことではありませんので……」

「わかった。吉原に近いといいな？」

宗次郎は何んのために江戸に来たのだと言いたいが、隼人正だけは特別扱いでいいとも思う。

この時、二丁町のあちこちの遊郭に一座の男たちが何人も泊まり込んでいた。

松之丞は安倍川《あべかわ》に近い神社の境内に小屋をかけて、宗次郎の女遊びには目を瞑《つぶ》っている。

あまりうるさいことを言うと宗次郎に嫌われると思う。

なんだかわけのわからない二人の関係だが仲はいい。隼人正は十両を懐に入れて遊女の部屋に消えた。

「いい旦那だが仕事をしないのと女と酒好きなのが困ったものだ」

廊下でブツブツ言っている宗次郎の袖を女が引いた。

翌日、隼人正が二丁町にいると宗次郎から聞いた松之丞が、若い使いっぱしりに二十五両を持たせて隼人正に届けさせた。

関隼人正だけは一座の中で別格扱いだった。

その頃、江戸に鈴菜《すずな》の末吉《すえきち》という老人が入ってきた。鈴菜という妙な名の老人で、その鈴菜とは春の七草の鈴菜である。

鈴菜とは蕪《かぶら》の別名で、末吉は「冬は蕪蒸《む》しに限る。何んといっても体がポカポカと温まるのがいい」と言うのが口癖で、誰言うともなく鈴菜の親分とか、蕪のお頭などと呼ぶようになった。本人は春の七草の鈴菜は無病息災で、体を丈夫にするから縁起がいいと気に入っている。

その鈴菜の末吉が子分のお徳《とく》と角之助《かくのすけ》を連れて江戸に現れ、神田の旅籠《たびや》に疲れたお徳を残して、角之助と二人ですぐ傍の足袋屋の彦平《ひこへい》の前に姿を見せた。

末吉と彦平は飛鳥の武兵衛と兄弟分で、上方でずいぶん仕事をしたが人を殺したことは一度もない。

二人が会うのは武兵衛が亡くなってから初めてのことだ。もう十年は過ぎている。

「これは蕪の兄《あに》い、珍しいこともあるもんだ……」

「彦さん、小五郎は京で、弥平が江戸で捕まったそうだな？」

「うむ、日本橋《にほんばし》で十七人みな殺しの仕事をして、北町の奉行所に追われ弥平は逃げ切れなかったようだ」

「小五郎は京まで追われて東山で捕まった。六条河原で斬り合いになって一網打尽にされたが、松之丞は逃げて宗次郎と一緒になったようだな？」

「外道の仕事をすればそういうことになる」

彦平が苦々しく言う。

「それにしても北町奉行のことは聞いていたが、噂《うわさ》以上じゃねえか？」

「鬼だからな。江戸では笠《かさ》も被《かぶ》れないのだ」

「それも聞いたよ」

「蕪の兄いは江戸で仕事を？」

「うむ、それもあるが、松之丞と宗次郎が江戸に向かったと聞いたので来てみたのだ」

「なるほど、それで二人も小五郎と同じ外道で？」

「そのようだな……」

鈴菜の末吉は大阪に隠れ家を持ち、西国や京や堺で仕事をしているが、これまで人を殺したことはない。

上方は盗賊の本場で平安期から鬼として恐れられ、天下一の盗賊、石川五右衛門《いしかわごえもん》が強盗や追い剝《は》ぎを働き、京の三条河原《さんじょうがわら》で油釜風呂にて煎《い》り殺しになった。

伝説のように語られる大泥棒だ。

五右衛門は実在の人物で、秀吉配下に捕縛され文禄《ぶんろく》三年（一五九四）八月二十四日に「釜にて煎られる。同類十九人は磔《はりつけ》、三条河原にて成敗」と、山科言継《やましなときつぐ》が日記の言継卿記《きょうき》に書き残している。

「小五郎と弥平の仇討ちだなどという馬鹿な噂も聞こえてくるのでな」

「松之丞が？」

「そうらしい……」

「何を考えているんだか馬鹿が……」

彦平は松之丞を嫌いなようで渋い顔だ。

「ところでお舟は元気か？」

末吉が聞いた。お舟《ふね》というのは若い女で、上方にいる時は角之助の女だったこともある。

彦平は既に隠居してそのお舟という女賊の後見をしている。

「お舟は浅草の先の金杉村《かなすぎむら》でおとなしくしている」

「角之助、行って見るか？」

「へい……」

「わしは隠居した彦平の世話になるわけにもいかねえ、旅籠にいるから一人で行ってこい。浅草ならそう遠くではないから……」

「よろしいので、お頭？」

「構わねえよ」

「彦平の親父《おやじ》さん？」

「お前とお舟の仲だ。駄目だと言えばお舟に恨まれるだろう。まだ独り身でいるところを見ると色男のお前さんに未練が有るのだろうよ。金杉村に入ったらお舟と聞いてみなせえ……」

彦平が苦笑する。

「申し訳ねえことで、それじゃ……」

角之助が彦平に頭を下げて部屋から出て行った。

「若い時には何はさておいても女だ。ところで小五郎はお前さんのところに顔を出したのかね？」

「いや、弥平は一度だけ顔を出したが小五郎は現れなかった」

「そうか、世話になった義理も知らねえ野郎だったか？」

「そんなとこだ。今夜、ここに泊まっておくんなさいよ」

「いや、そうはいかねえ、隠居したお前さんに迷惑はかけられねえのさ。わしも北町の鬼に捕まらないとは言えないからな……」

にやりと笑った鈴菜の末吉は勘兵衛を警戒している。

「そこの角の旅籠にお徳が来ているんだ」

「それならここの方が？」

「いや、いけねえよ。けじめがねえとだらしなくなっていけねえんだ」

末吉は江戸で仕事の仕掛けをしようと考えていたが、小五郎がみな殺しの荒っぽい仕事をした後で、そこに松之丞が来るとなれば危険で、仕掛けを作ることはどんなもんだろうかと思う。
二、三年後の仕事を当てに仕掛けるしかないかと考える。
年寄りの末吉はそろそろ最後の仕事にしたいと思っていた。だが、一方でこのまま大阪に戻ってひっそりと隠居するのもいいと思う。

わざわざ江戸まで下ってきて鬼に捕まったら笑い話だ。

もう余生を生きるだけの小判は持っている。贅沢《ぜいたく》さえしなければお徳とおもしろい余生だろうと考えたりもする。

「明日にでも旅籠に顔を出して、お徳と会ってやってくれるか？」

「元気で？」

「うむ、若い女は扱うのが難しいよ。それじゃ……」

末吉が足袋屋から出て旅籠に帰った。

お徳が疲れはて柱にもたれて居眠りをしている。

「どうでした。彦さんは？」

「元気だった。明日ここに来るそうだ」

「そう、小頭は？」

「角之助はお舟に会いに行った」

「そうか、お舟さんか、あたしも会いたいわ？」

「そのうち、会えるだろう。角之助とお舟は喧嘩別れだったのか？」

「忘れたのですか。そうじゃないの、お舟さんのおとっつぁんが江戸に帰れと言ってきたもので、話がこじれてしまって……」

「そんなことがあったのか？」

「ええ……」

「角之助は何も言わない男だから……」

「お舟さんが江戸に戻って四、五年でおとっつぁんは亡くなったけど、意地なのか、お舟さんは大阪に戻らなかったし小頭もその話をしなくなった」

「男と女は意地になると難しいからな」

「あたしも意地になりますよ」

「お前がか？」

「ええ……」

「その時は好きにしていいんだ」

「そんな、あたしを放り投げるんですか？」

「お前が意地になればな……」

「まあ、ひどい……」

孫ほど年の違う末吉とお徳は仲がいい。末吉はお徳が一生困らずに、食って行けるだけの小判を残してやりたいと思っている。

それにはもうひと仕事しなければならないかと考えているのだ。その矢先に京での小五郎の事件を聞いて配下に調べさせた。

そこで小五郎の事件に松之丞が巻き込まれたことを知った。

松之丞の子分もほとんど六条河原で捕縛されていた。

末吉の知っている松之丞は、みな殺しなどという荒っぽい仕事はしなかったはずなのだ。だが盗賊は何が切っ掛けで変わるかわからない。松之丞が北町の鬼を恨んで江戸に出てくるのだと末吉は考えている。

それで堺でひどい仕事をしたようだと聞こえてきた。

愛人だった真菰の宗次郎と縒《よ》りが戻ったとも、江戸に出て小五郎の仇討ちをするらしいとも聞こえてきて末吉が動いた。

第十章　老盗の再会

金杉村に向かった角之助が着いた時は夕刻だった。

お舟の百姓家は人に聞いてすぐわかった。家の前に立つと気配を感じたのかお舟が出てきた。

二人は沈黙したまま見合っている。別れて七年になる。

角之助が近づいて行った。

「お頭と一緒?」

「うん……」

「入って?」

「いいのか?」

「ええ……」

長い年月が一瞬に消えた。別れたのが昨日のように思う。

角之助がお舟と家に入ろうとした時、家の裏の林の道から子ども連れの男と女が歩てきた。

「あッ、小頭ッ！」

「彦太郎《ひこたろう》ッ！」

角之助が驚いて足を止めた。

「お前？」

「小頭、待っていました！」

角之助はお舟が江戸に帰る時、まだ小僧で使いっぱしりの彦太郎を一緒に江戸に戻したのだ。彦太郎は彦平の息子だった。

「小頭、女房をもらいまして、お千《せん》です……」

「そうか、この子はお前の子どもか？」

「いいえ、誰かと似ていませんか？」

「誰だ？」

角之助が見ると子どもが怖がってお舟の傍に走って行った。

「お舟、お前……」

「うん、あの時、もうできていたの、江戸に帰って産んだから知らせなかった。

ご免……」

「名前は？」

「尚《なお》って、おとっつぁんが……」

「そうか、お尚か？」

「お尚、怖がらなくていいんだよ。お前のおとっつぁんなんだから……」

「うん……」

お舟に言われてうなずいたがお尚は怒った顔で角之助を見ている。突然現れた父親をどうすればいいのか迷っている。そこに彦太郎の娘が走ってきた。

彦太郎とお千はお舟の百姓家の別棟の小屋に住んでいた。まだ小僧だった彦太郎は角之助に、お舟を守れと命じられて大阪からお舟と戻ってきた。

それ以来、お舟の父親とお舟とお尚を守ってきた。

お尚が生まれてからお舟と彦太郎は夜の仕事をしていない。お舟の父親は末吉や彦平と同じように飛鳥の武兵衛の子分だった。

その父親がお舟とお尚に二百両ばかりと畑を少し残して亡くなった。

お舟はお尚を育てながら、いつか角之助が現れると信じてきたのだ。それが実現して親子三人になった。だが、角之助と長く一緒にいられないことはわかっている。頭の末吉と角之助は一緒に江戸へ下ってきた。

それがどういうことかお舟はわかっている。

「それじゃ、また明日……」

気を利かして彦太郎が娘のお菊《きく》を抱いて小屋に歩いて行った。

「彦太郎……」

角之助が呼び止めたが何も言わなかった。彦太郎は角之助がありがとうと言いたいのだとわかった。

「彦太郎、ありがとうね……」

角之助の代わりにお舟が言った。その時、角之助は彦太郎のことを何も言わなかった彦平に申し訳ないと思う。だが、足を洗い堅気になって嫁をもらい、子ができた彦太郎を彦平はうれしいはずだとも感じた。盗賊家業は決して楽なものではない。

その夜、角之助はお舟の家に泊まった。

初めて父親に抱かれて寝たお尚は一遍《いっぺん》で父親っ子に変貌《へんぼう》した。子どもでも自分が愛されているとわかると興奮する。

お尚は欠落した長い年月を、取り戻そうとするかのように角之助に甘える。それを躊躇《ためら》うことなく父親は受け入れた。親子の絆《きずな》とは不思議なもので、お尚は父親なしで育ったとは思えないほどだ。

それをお舟はうれしそうに見ている。

角之助はこういうことが、実際にあるんだと少々奇妙に思う。

お舟だけはこういう日が来ると信じていたかのように、当然だという笑顔で無邪気に遊ぶ父娘を見ていた。こんな日が何日続くのか。お舟はそんな悲しみをわかっているから辛《つら》い。

少し分別ができて今が可愛い盛りの幼いお尚に申し訳ない。

だが、そのお尚がいてくれたお陰で、お舟の七年間は少し寂しかったが充実していた。お舟も過ぎ去った年月を取り返そうと思う。好き合っていながら別れた角之助とお舟の愛がその夜に蘇生《そせい》した。

いつか角之助と一緒に暮らしたいが、それが許されるのかお舟にはわからない。

翌朝、まだ薄暗いうちに角之助はお尚を抱き、お舟の手を引いて神田に向かった。後ろからお菊を抱いた彦太郎とお千が歩いてくる。

その彦太郎は時々父親の彦平と会っていた。

お舟も何かあれば彦平に相談に行くようにしている。父親が亡くなってからお舟は彦平を頼りにしてきた。金杉村で慣れない百姓仕事をするのは容易なことではなかった。そのお舟もこのところようやく百姓らしくなってきたところだ。そこに角之助が現れてお舟の気持ちが乱れるのは当然だ。

だが、再び盗賊に戻る気はない。お尚と静かに暮らそうと思う。

そのお尚とお菊は「お爺《じい》……」といって彦平になついていた。

この日も二人は彦平から同じ赤い鼻緒《はなお》の下駄《げた》をもらってご機嫌だ。お尚とお菊は姉妹のように育てられている。

「そういうことなんだ小頭……」

「彦平の親父さん、申し訳ねえ、この恩は忘れることはないので……」

「いいんだ。気にするな。彦太郎を江戸に帰してくれて有り難かった。感謝しているのはこっちの方だ。お陰で足を洗ったような格好になっている。もう仕事はしていねえ……」

「それは何よりで……」

この時、角之助はフッとお尚のために足を洗いたいと思った。

だが、そんな日が来るとは思えない。角之助は初めて自分の因果な稼業を振り返ったのだ。娘のためになんとかならないものかと思う。もう汚れた銭をお舟とお尚には握らせたくない。

彦平を入れて朝からみんなで末吉とお徳の旅籠に押し掛けた。

「お徳！」

「お舟ッ、元気かい？」

「会いたかったんだよ」

「あたしも同じだ」

女二人は姦《かしま》しい。

「彦太郎、久しぶりだな？」

「はい、お頭もお元気そうで何よりです」

「お前の子か？」

「はあ……」

「実は、大きい方があっしの子でして……」

角之助がお尚を自分の子だと末吉に言う。

「お舟が産んだのか？」

「はい……」

末吉が驚き、それを聞いてお徳は「あの時、できていたの？」と聞いた。

「そうなの、あの時もう……」

「そうだったのかい。お舟さんは気丈だから……」

お徳は角之助と別れて江戸に帰るお舟に、「本当にいいのかい？」と何度も確かめた。

その度ごとにお舟は気丈にいいのだと言う。

その時、お舟は角之助の子ができているとわかっていた。それを誰にも言わずに角之助と別れた。

「お尚、大阪のお爺さんだよ」

お舟が末吉をそうお尚に教えた。

「うん……」

「お尚は幾つになった？」

末吉が好々爺《こうこうや》のように笑顔で聞く。

「七つ……」

「そうか、大きくなったな」

「うん……」

大盗の鈴菜の末吉には姫路《ひめじ》城下に、お岬《こう》という小粋な女に平太《へいた》という子どもがいるが、もう五、六年ほど会っていない。十三、四になるはずだと思う。末吉が子分たちにも隠している秘密だ。

お尚は急に父親と爺さんが現れてびっくりし戸惑っているようだ。

「とっつぁんが帰ってきてうれしいか？」

「うん……」

「そうか。角之助、しばらくお舟のところにいていいから、わしはお徳と江戸見物でもしながらのんびりするつもりだ。何かあれば呼びに行かせる」

「はい、承知しました」

この時、末吉はお舟とお尚のため角之助に足を洗わせようと思った。

末吉は角之助たちを帰すと彦平とお徳を連れて江戸の見物に出かけようとする。お徳が一番楽しみにしていたことだ。浅草寺《せんそうじ》や神田明神にお詣《まい》りするのをお徳が強く望んでいたのだが。

そのお徳が急に温泉に入りたいと言い出して、末吉と彦平が旅支度を始めていると、末吉の子分の若い衆が彦平の足袋屋に現れた。

「親父さん、お頭は？」

「どうした五郎《ごろう》？」

「松之丞一座を追ってきたんで……」

「江戸に入ってくるか？」

「今は駿府城下におりやす。箱根を越えるのは涼しくなってからではないかと、お頭は親父さんのところではないので？」

「そこの角の旅籠だが、これから草津《くさつ》温泉に出かけるつもりだぞ」

「温泉？」

「わしも店を閉めて一緒に行くつもりなんだ」

「温泉か、いいなあ……」

「お前さんも一緒に行けばいいではないか？」

「へい……」

五郎は末吉の命令で松之丞一座を探し回り、名古屋で見つけて追っていたのだが、一座が駿府城下で小屋をかけたので江戸に先回りをしてきた。五郎は警戒心の強い男で松之丞一座には顔見知りもいたが接近しない。

迂闊《うかつ》に鈴菜のお頭の影を松之丞や宗次郎に悟られたくなかった。

旅籠に顔を出すと五郎は松之丞一座の人数や、どんな連中なのかをかなり詳しく末吉に話した。それを聞いて末吉は松之丞の江戸入りを止められないと思う。すでに先乗りが江戸に入って隠れ家を探しているだろう。

何んとも厄介なことになりそうだ。

末吉は彦平から北町奉行の米津勘兵衛や、南町奉行の島田平四郎《へいしろう》のことを詳しく聞いている。小五郎を京まで追って捕縛した執念深さに、末吉は江戸で仕事をすれば自分も捕らえられそうだと考え始めていた。そんなところに松之丞が乗り込んでくるという。

「浪人が二人か？」

「へい、それも質の悪そうな二人で……」

五郎は関隼人正の存在を見逃していた。その隼人正は一座に近づかないのだから当然だ。

「堺での仕事はおそらくそ奴らの仕事だろう」

「間違いないところかと……」

末吉は松之丞が北町奉行所に仕返しをするという噂が、まんざら嘘《うそ》ではなさそうだと思った。兄貴分の小五郎のこともあるが、六条河原でほぼ全滅した松之丞の子分のことを恨んでいるのだ。

松之丞と会ってみようと考えていたが無理なようだと思う。なんとも嫌な臭いのする事件になりそうだ。鈴菜の末吉は松之丞の危うさを感じ取っている。

「愚かな奴らだ」

「外道に落ちたようです」

「そうだな……」

末吉は大阪に帰ることも考えた。そんな危ない連中と一緒に、江戸にいることはできない。あまりにも危険すぎる。奉行所の探索次第では巻き込まれることもあるだろう。

ここで江戸を出て草津温泉に行くのはいいことだと思う。

「しばらく温泉に浸《つ》かって松之丞たちの様子を見るのもいいことでしょう」

彦平がボソッと言った。

「五郎、浅草の先の金杉村に角之助とお舟がいる。彦太郎もいるから三人に松之丞一座には決して近づくなと伝えろ、迂闊に手を出すとこっちまで大火傷《やけど》をする」

「へい！」

「その後、わしらを追ってこい……」

「温泉へ？」

「そうだ。旅籠の窓に笠を下げておくから見落とすな」

「へいッ！」

「大阪にいれば有馬《ありま》温泉だが、ここは江戸だから草津温泉が一番だな」

「ありがてえ、早速、行ってまいりやす！」

五郎が部屋を飛び出して行った。

「ここは江戸を離れていた方がいい。場合によっては大阪に帰る」

「それがようござんす。松之丞のような外道にかかわることはないかと。とばっちりを食らったら目も当てられなくなるので……」

「うむ……」

彦平は末吉にも早いとこ隠居してもらいたいと思っている。どんなに用心しても江戸で仕事をしようものなら、北町奉行の鬼が容赦なく追い詰めてくる。どこでどんな探索をするのか、必ず足跡を探して追うと噂されていた。盗賊にとって江戸は鬼門になりつつある。

近頃は勘兵衛だけでなく南町奉行の島田平四郎も盗賊には恐れられていた。

北町では密偵やご用聞きという者たちを使っていると彦平は知っていたが、神田の幾松親分と寅吉《とらきち》以外はどこにいるのかさえ知らない。江戸の町の中で人々に紛《まぎ》れて目を光らせているのだから彦平でなくても怖い。

江戸城下に勘兵衛がどんな網《あみ》の目を張り巡らしているのか彦平たちにはわからない。

それが恐ろしい。

そういう者たちがいるというだけで盗賊には恐怖だった。

「松之丞らと一緒に江戸にいるのはまずい。江戸にはご用聞きという連中が何人もいるということだから……」

「なんだ。そのご用聞きというのは？」

「北町奉行が使っている密偵だ。それが役人と違う。盗賊が捕まると処刑されるのが当たり前だが、処刑されずに姿を消す者がいるらしいんだな？」

「まさか、その盗賊がご用聞きということか？」

「それがわからねえ……」

「そんな馬鹿なことがあるか、盗賊が密偵になどなるか、それは裏切り者だ！」

「だが、死ぬか放免かとなったら転ぶ者も少なくないだろうと思う」

「死罪と放免の取引か？」

「そんな重い罪の悪党を使うとは思えないが、それなりの男も盗賊の中にはいる。松之丞のような外道は使いものにはならないが……」

「北町奉行とはそんな男か？」

「ああ、鬼とも仏ともいうらしい……」

「なるほど、考えられないことではないな。そういう魅力のある男はいるものだ。会ってみたいものだ」

「およしなせい。そういう危ないことは……」

彦平がにやりと笑う。

「早く行きましょうよ」

お徳がのんびり構えている老人二人に催促した。

「よし、よし、行こう……」

末吉が重い腰を上げる。江戸を出てしまえばどこへ行こうが安心だ。

草津温泉につかりながら江戸へ戻るか大阪に帰るか考えればいいだろう。どうも米津勘兵衛という男のいる江戸は具合が悪そうだ。鈴菜の末吉の勘は鋭く危険の匂いを嗅《か》ぎ分けていた。

こういう時は三十六計逃げるに如《し》かずだ。

「ここからすぐのところに神田明神があるんだ。中山道に出る道すがらだから立ち寄って、旅の無事を祈ってみようか？」

彦平が誘う。

江戸から出ると決まれば草津温泉に行く旅は急がない。

今夜は板橋宿で泊まればいいと思っている。老人と女の足では急いでもたかが知れていた。旅の初めは先を急がないことが肝心なのだ。ことに彦平はここ何年も江戸から出ていない。

そんな心もとない老人の長旅なのだ。

三人は旅籠を出ると神田明神に向かった。この神田明神にも湯島天神のように男坂《おとこざか》と女坂《おんなざか》があった。

その坂の脇に銀杏《いちょう》の巨木が立っている。

神田明神と湯島天神は、同じ本郷台という山の端にある神社で、かなりの高台になっている。二つの神社は数町しか離れていないのだ。家康が保護した神田明神は江戸の守り神になっている。

三人が神田明神の門前まで行くと、茶屋から平三郎が現れた。

「あれ、平三郎さん？」

「末吉さんに彦平さん、二人揃《そろ》ってこんなところで会うとは、坂を上ってくるのが見えたので出てみたんだが？」

「お前さんこそ、こんなところで、伊那谷のお頭はお元気で？」

「お陰さまで元気にしております。この春、高遠に行ってきました」

「それは結構なことで……」

ずいぶん昔の話だが若い頃に末吉と彦平は、伊那谷の朝太郎の仕事を何度か手伝ったことがある。その時から平三郎を知っていた。二人は平三郎が武家だったことも知っている。

「わしは隠居して、ここで茶屋をしているんだが、なんとも懐かしい二人と会うもんだな。広いようで世の中は狭い……」

「隠居してこの茶屋を、そうでしたか。あっしは大阪にいるんだが、彦平さんは江戸で隠居ですよ」

「ほう、江戸はどちらで？」

「すぐ近くの神田紺屋町《こんやちょう》で足袋や小物などを商っています」

彦平が驚いている。目と鼻の先にいて気づかない。

「そりゃ結構なことで、どうです。急ぐ旅でなければお茶のいっぱいでも？」

「そうだね。これから草津温泉まで行こうと思って出てきたんだが、そう急ぐ旅でもないし、早速、一服するかね、お徳？」

「ええ、あの蕎麦切《そばき》りって何かしら？」

お徳が目ざとく蕎麦切りの文字を見つけた。

「今、江戸で評判になっているのだが、わしもまだ食ったことがない。ちょうどいいから食べてみますかね？」

彦平が説明して末吉とお徳が「蕎麦切りというものをお願いします」と注文する。末吉とお徳は上方でうどんをよく食べているが、東に広がる蕎麦切りのことはまだ知らなかった。

この頃、蕎麦切りよりも先にうどんが全国的に流行《はや》り始めていた。

茶屋の奥で猪之助が蕎麦切りを作っている。

「草津温泉とは結構ですな。これから涼しくなると湯治《とうじ》にはいい季節《の》で……」

「大阪にいれば有馬に行くのですが、江戸に出て来ましたので足を延ばして草津まで行って見ようということです」

「草津から大阪へ……」

「うむ、江戸へ戻って来てもおもしろいことはなさそうだから……」

「なるほど……」

鈴菜の末吉は江戸にいる平三郎を警戒したのだ。

お徳は奥で猪之助が蕎麦打ちをしているのに興味を持った。

平三郎は末吉と彦平を二階に上げて密談する。数十年ぶりに再会した三人には話すことが山ほどあった。老盗賊は顔を見ただけで何をしているかほぼわかるものだ。

末吉が勘兵衛を警戒していることを平三郎はすぐ感じた。

老盗賊は飛鳥の武兵衛の話、伊那谷の朝太郎の話、最近の小五郎の話などで尽きない。そんな中で小五郎の話が出た時に松之丞の名が出た。

平三郎の知らない名前だった。

この時、平三郎は二人に松之丞のことを詳しく聞かなかった。しつこく松之丞のことを聞けば、平三郎は正体が発覚すると感じたのである。鈴菜の末吉は油断のできない男なのだ。おそらく江戸に出てきて北町奉行のことを調べ、仕事をあきらめて江戸から消えるのだと平三郎は思う。

「彦平さんは江戸へ？」

「ええ、あっしは江戸で最期《さいご》を迎えるつもりでいます。息子と孫娘がいますので……」

「ほう、孫娘さんが？」

「まだ小さいのですよ。あっしの宝物です」

「そうですか、それでは帰られたらお訪ねしましょう」

「近くですからあっしもこちらへ伺いますので……」

そこに猪之助が三人の蕎麦切りを運んできて話が途切れた。お徳も二階に上がってきた。

「これはたまりのいい匂いだな？」

「江戸はこのたまりが流行りなんですよ」

たまりとは醬油《しょうゆ》のことだ。蕎麦切りは食欲を誘ういい匂いなのだ。

「熱いうちに……」

猪之助が三人に勧めるとズルズル食べる。

「これは美味《うま》い……」

「ええ、味が濃くてあたしは好きです」

「このたまりの匂いがたまらないね」

三人は初めての蕎麦切りを気に入った。

末吉たち三人はお浦の茶屋で半刻あまりを過ごして、神田明神に参拝してから本郷台の加賀前田《かがまえだ》屋敷の前を通って板橋宿に向かった。

第十一章　与力《よりき》の妻

初秋の風が吹き始めると駿府城下にいた松之丞一座が、小屋掛けを引き払って江戸に向かうことになった。先乗りで江戸に入った松之丞の子分が、仕事をするため一味が巣を作る場所を探したのだ。

松之丞は江戸入りに固執している。

関隼人正は旅籠に泊まり二丁町に入り浸《びた》って、一度も一座の小屋には顔を出さなかった。それでも誰もが見て見ぬふりをして文句を言わない。隼人正を怒らせると怖いことを知っているからだ。

松之丞は隼人正がいる二丁町の遊郭に一度だけ顔を出した。

隼人正は白粉《おしろい》くさい松之丞を好きではない。何かあれば宗次郎が隼人正のいる旅籠や遊郭に顔を出すのが常だった。以心伝心で松乃丞も隼人正に好かれていないことを自覚している。

その宗次郎が隼人正の旅籠に顔を出した。

「旦那、少し涼しくなってきましたので、小屋を引き払っていよいよ江戸に向かいます」

「うむ、わしは川崎宿にいればいいのだな?」

「へい、色々考えて、一座は浅草の奥山《おくやま》に小屋をかけますが、それは奉行所の目を晦《くら》ます囮《おとり》で、隠れ家は別に構えるつもりです」

「ほう、よく考えたな。盗賊は別動隊にするということか?」

「ええ、そんなところで……」

「おもしろいが一座と切り離せるのか?」

「それは間違いなく切り離します。滅多に連絡も取りません。一座の者が奉行所に捕まってもこっちの居所はわからないようにしますので……」

「いい考えだ」

「それでは、旦那のところには使いを走らせますので、その時はよろしく……」

「うむ、手ごたえのある者を斬りたいな」

「へい、その時にはお願いします。それではお先に……」

宗次郎は一座の小屋へ向かい、隼人正は二丁町の遊郭に向かった。この男は一座と行動しようという気がまったくない。

宗次郎は別動隊を編成すると駿府城下で別れた。他はバラバラに越える

箱根峠を一座は芸人とそれを率いる男衆だけで越える。

ことに決めた。既に江戸には段取りをつける先乗りを何人か放ってある。

囮の一座が先に江戸へ向かった。

箱根の関所は小田原城《おだわらじよう》の管理下にあり、関所の役人は一ヶ月ごとに交代する。上方からの芸人には甘く、易々《やすやす》と関東に入れるのだ。一座が浅草に小屋をかければ間違いなく奉行所が動き出すはずだ。

箱根を越えれば一段と警戒しなければならない。

後に入鉄砲に出女《でおんな》と幕府が取り締まりを厳しくする。これは箱根の関所だけでなく幕府の政策として行われた。

鉄砲を江戸に入れるには老中の鉄砲手形が必要になる。

江戸から武家の女が出る場合は、武家の留守居が出す女の通行手形がないと関所を通れない。

幕府は鉄砲が江戸に持ち込まれると、治安の乱れになりかねないと考えた。

出女は幕府が大名から人質に取っている江戸屋敷の妻女が、領国に脱出するの

を非常に嫌がり厳しく扱ったからだ。大名の妻を人質に取るというのは秀吉もしたことだ。

松乃丞一座は江戸に入ると浅草寺裏に小屋掛けをした。

小五郎が小屋を掛けたと同じ場所だ。奉行所をなめ切ったような松之丞の振舞いである。この小屋掛けに益蔵と鶏太《けいた》、鬼七と留吉、彦一と卯吉の六人のご用聞きが一斉《いっせい》に見張りについた。このところ勘兵衛のご用聞きたちは半左衛門の指図がなくても素早く動いた。

小五郎一座の一件以来、久々に浅草へ来た見世物小屋なのだ。小五郎一味がしでかしたなかなかの人気でご用聞きたちが昼夜交替で見張る。小五郎の小屋を包囲しながら、皆殺し事件などまたあってはならない。益蔵も鬼七も小五郎の小屋を包囲しながら、皆殺し事件を許したことで地団駄を踏んで悔しがった。あんな思いは二度としたくないと思う。

その小屋掛けが半左衛門の耳に入った。

「六之助、上方から来た見世物が浅草寺裏に小屋をかけたそうだな？」

「はい、益蔵と鬼七に彦一の三人に見張らせております」

「うむ、越中屋のことがあるから、どんな連中なのか調べて目を離すな。怪しい動きがあったら容赦なく捕縛しろ！」

「はッ、承知しました！」

北町奉行所の見張りが一座の小屋に集中した。

芸人の男女の他に男衆と浪人も二人含まれている。松之丞が考えた見事な囮作戦なのだ。いかにも怪しげな作りの一座だった。まさかそんな企《たくら》みが隠れているとは黒川六之助も益蔵たちも気づいていない。

そんな時、八丁堀で事件が起きた。

同心の森源左衛門《もりげんざえもん》が薄暗くなった夕刻に帰宅、役宅まであと一町ほどという中《なか》ノ橋《のはし》のたもとで、二人の浪人に呼び止められた。

「北町の役人か？」

「そうだが、何用であるか？」

「用はこれだッ！」

浪人がいきなり刀を抜いた。源左衛門も咄嗟《とっさ》に刀を抜いて構える。

「なんの真似《まね》だッ！」

「死ねッ！」

浪人が有無を言わさず斬り込んだ。源左衛門は後ろに下がって中ノ橋に逃げ、欄干《らんかん》を背にして中段に刀を構えるともう一人の浪人も刀を抜いた。二対一では源左衛門が不利だ。

「早いとこ片付けてしまえ！」

この浪人は松之丞一座にいる尾崎馬太郎と岡田昌次郎だった。

「シャーッ！」

昌次郎が上段から斬り込むと源左衛門がそれを受け擦《す》り上げた。がら空きになった胴に馬太郎の刀が深々と斬り込んでくる。鋭い一撃だった。

「お、おのれッ！」

源左衛門が欄干に寄りかかると膝から崩れ落ちた。馬太郎が止《とど》めを刺すと二人が素早く逃げて闇に消えた。

そこに朝比奈市兵衛と林倉之助が通りかかった。

橋の上に倒れている源左衛門を市兵衛が抱き起こしたが既に息絶えている。

「森殿ッ！」

「辻斬《つじぎ》りかッ？」

倉之助が刀の柄《つか》を握って周囲を見回した。

「駄目だ。止めを刺されている」

「止めだと？」

「うむ、辻斬りではないな！」

「源左衛門が狙われたということか？」

「止めを刺したということはその可能性が高いのではないか？」

「よし、奉行所に行ってくる！」

「頼む！」

倉之助が橋の上から走って行った。騒ぎを聞きつけて近くの組屋敷から何人か顔を出した。八丁堀で同心が殺されるなど考えられないことだ。

「相すまぬが戸板を頼む……」

この時、市兵衛は源左衛門が誰かに恨まれたのだろうと思った。

だが、森源左衛門は穏やかな人柄でひとに恨まれるなど考えにくい。たちまち役宅に帰っていた与力や同心が続々と集まってくる。

「見た者がいないかこの辺りを聞きこめ！」

与力の青田孫四郎が指揮を執《と》って斬り合いの現場や斬り口などが確認された。

「市兵衛、源左衛門をこのように斬り捨てるのは相当な腕だな？」

「はい、森殿は刀を抜いて応戦しています。止めまで刺すとは相当な恨みかと?」

「うむ、源左衛門は穏やかな男だ。殺されるような恨みを買うとは思えないが……」

「青田さま、この犯人は一人でしょうか?」

「一人ではないというのか?」

「森殿をこのように一太刀で倒すのは一人ではないように思ったのです」

「そうか、そう思うか……」

同心たちが周辺を調べたが何も手掛かりはなかった。

その頃、倉之助はまだ奉行所にいる半左衛門に、八丁堀の中ノ橋で起きた森源左衛門殺害の事件を話していた。

「すると、辻斬りではないというのだな?」

「止めを刺したところを見ると辻斬りとは少し違うような……」

「恨みか?」

「それがわかりません」

この時、半左衛門は森源左衛門の個人的な事件ではないかと考えていた。勘兵衛に倉之助からの報告を説明して半左衛門はすぐ八丁堀に戻った。すでに源左衛門の遺骸は役宅に運ばれていた。妻と十四歳になる息子とまだ十歳の幼い娘が泣いている。

半左衛門はこの事件に何か違和感を持った。

森源左衛門はあまり目立たない男で、仕事上のことで恨みを買うようなことはなかったろうと思う。これといって大きな手柄を上げたこともない。貧しいながらも親子四人で慎《つつ》ましく生きていた。

何かおかしいと思った。だが、何がおかしいのかわからなかった。

ところが翌日、与力の倉田甚四郎の妻お町《まち》が森源左衛門の家へお悔やみに行くため、手伝いの娘お順《じゅん》と役宅を出て一町ほど歩いたところで、目つきの悪い浪人が二人道端に立ち塞《ふさ》がった。

「何か御用ですか？」

「そなた、北町奉行所とかかわりのある者か？」

「はい、与力倉田甚四郎の妻です。無礼は許しません。そこをどきなさい！」

「北町の者ならそうはいかんな……」

岡田昌次郎が刀を抜いた。

「狼藉《ろうぜき》者ッ！」

帯に差した短刀の紐《ひも》をほどいて抜いた。

「お前に恨みはないが死んでもらう」

昌次郎の刀が短刀を跳ね飛ばすと左首筋から袈裟に斬り下げた。

「キャーッ!」

お順が悲鳴を上げた。

その悲鳴に驚いたように昌次郎がにらむ。ニッと薄気味悪く笑うと血振《ちぶ》りをして刀を鞘に戻すと二人で歩いて行った。

お順は腰が抜けて道端に座ったまま動けなくなった。

悲鳴を聞いて近所の人たちが飛び出してきて大騒ぎになる。森源左衛門に続いてまたも八丁堀で、倉田甚四郎の妻お町が斬り殺された。

お町が斬られた現場に大場雪之丞《おおばゆきのじょう》の父孝兵衛《こうべえ》が駆けつける。

昼は与力も同心も出払って女たちが騒いでいる。与力の屋敷には小者の老人などが何人もいて集まってきた。源左衛門に続いて二人目の犠牲者が出た。

「なんとひどいことをするものだッ!」

孝兵衛が怒っていると、倉田家の人々も現れて大混乱になった。お順は怯《おび》えて震えている。昼日中に女を襲うなど考えられない。それも八丁堀の中の事件だ。

「外に出ないようにしてくれ！」

そう言うと孝兵衛が急いで奉行所に向かった。

八丁堀で二人も斬り殺されるとは信じられない事件だ。息を切らして孝兵衛が奉行所に現れると、半左衛門はすぐただならぬ異変を感じ取った。

「大場殿、どうした？」

「倉田さまの奥方が斬られました！」

「何んだとッ！」

「源左衛門のお悔やみに行く途中でお町殿が斬られたのです。落命にて……」

「おのれッ！」

「源左衛門を斬った者たちだと思われます」

「お奉行はまだお城だ……」

半左衛門は孝兵衛を待たせて同心部屋に立って行くと、見廻《みまわ》りに出る前の松野喜平次と、本宮長兵衛に林倉之助を八丁堀へ向かうよう命じた。

こうなると北町奉行所への恨みだとはっきりした。

お順が震えながらそう証言したのである。浪人の口からはっきり北町という言葉が出たのを聞いた。

半左衛門は三人目も狙われると感じた。

四半刻《しはんとき》ほどで勘兵衛が下城して奉行所に戻ると、大騒ぎになっていて喜与と半左衛門が大玄関に飛び出してきた。

「お奉行ッ！」

「どうしたッ？」

「倉田殿の奥方が八丁堀で斬られましたッ！」

「何んだとッ、倉田のッ？」

「はい、お町殿です」

勘兵衛がすぐ倉田甚四郎を傍に呼んだ。

「聞いたか？」

「はい、お町が斬られたと？」

「半左衛門ッ、お町の生死は？」

「残念ながら……」

「おのれッ、惣兵衛ッ、甚四郎と八丁堀に行け！」

勘兵衛は倉田甚四郎と木村惣兵衛を八丁堀に向かわせると、その後を追うように青田孫四郎と赤松左京之助の二人も向かわせた。

　勘兵衛が着替えをしていると宇三郎、藤九郎、文左衛門が勘兵衛の部屋に深刻な顔で現れ、半左衛門が孝兵衛を連れて部屋に入ってきた。

「老人、お町を見たのだな？」

「はい、傷は左首筋から袈裟に斬り下げられています。短刀を抜いて応戦したようですが、詳しいことはお供の女が生きておりますのですぐ判明するかと思います」

「供の女の傷は？」

「無傷にございます」

「無傷？」

　勘兵衛は供が無傷と聞いて、敵の狙いが何か思い当たったが何も言わなかった。調べればすぐ明らかになることだ。勘兵衛は自分に対する恨みだと感じた。ということは事件が続くと思われるのだ。

　宇三郎と藤九郎も勘兵衛と同じことを感じている。

　おそらくこの犯人の狙いは源左衛門やお町ではなく、北町奉行所に対する恨みであり勘兵衛への復讐《ふくしゅう》で、それを知らせるため関係者であれば斬るのは誰でもよかったのではないか。

そのことをはっきりさせるため供の者を斬らずに正体を見せた。

そう思い当たった。

「半左衛門、この犯人は血に狂った狼だ。同心たちには一人歩きをしないように徹底してくれ。八丁堀の見廻りを増やして、不用意に役宅から出るなと厳しく伝えてもらいたい……」

「はッ！」

「犯人は三人目を狙うはずだ。藤九郎、必ず犯人を斬ってしまえ……」

「はい！」

「半左衛門、浅草の小屋に動きはないのか？」

「今のところ、何んの知らせもありません。一座に怪しい動きがあれば取り締まるつもりです」

「一座に浪人がいると言ったな？」

「はい……」

勘兵衛は浅草に一座が小屋掛けしてから、二つの事件が起きたことを重視している。

「きな臭いと思わないか？」

「はい、小屋がうさん臭いと思っています。一座の手入れをしてもいいでしょうか？」

「いや、怪しいというだけで手入れをすれば逃げる口実を与えるだけだ」

勘兵衛はこの事件に何か気持ちの悪いものを感じている。

それが何かはわからない。

「浅草の小屋に島田右衛門と小栗七兵衛《おぐりしちべえ》も張りつかせろ、得体の知れない一座だ。おかしいと思わないか？」

「確かに……」

半左衛門も何か変だと思っている。

勘兵衛も半左衛門も浅草の芝居小屋が囮だと気づいていない。

小屋とのつながりはわからないが、三度目に犯人が現れるとすれば、やはり八丁堀かその周辺だろうと思う。

八丁堀には南北の奉行所の与力五十人、同心二百五十人の組屋敷がある。敵が狙っているのはその中の北町奉行所の関係者だ。お町にそれを確かめてから斬り殺しているのだ。

そのことを松野喜平次がお順から仔細《しさい》をより詳しく聞き出していた。

喜平次は奉行所に戻ってお順の話を半左衛門に報告する。

「北町奉行所にかかわりのある者と聞いたのだな？」

「はい、二人の浪人が道を塞ぎ、そう聞いたそうです」

「二人の浪人？」

「はい、一人は背が高く痩せていたそうです。もう一人は小柄だったそうです。お町殿を斬ったのは背の高い方で、お前に恨みはないがここで死んでもらうと言ったそうでございます！」

「やはり……」

「北町奉行所に恨みを持つ悪党の仕業だ！」

半左衛門が吐き捨てるように言った。それを聞いた勘兵衛は供のお順が殺されなくてよかったと思う。そのお順の証言で二人の犯人の狙いが、自分であり北町奉行所であることがはっきりした。

「罪のない者を巻き込むとは卑劣な悪党だ！」

半左衛門は激怒している。倉田甚四郎の妻お町が殺されたことに怒っているのだ。与力や同心はどこでどんな事件で命を落とすか知れない。だが、八丁堀の中とは考えられないことだ。

役人であれば、その覚悟は誰もが持っている。

だが、無力な与力の妻に襲いかかったことは許せない。許し難い犯行だ。

「二人の浪人の特徴を頼りに、徹底して探索しその浪人をあぶり出せ、他にも仲間がいるかもしれない。どこかに巣があるはずだ」

この時、勘兵衛は浅草の一座と二人の浪人の関係を疑った。

第十二章　暗殺組

北町奉行所は緊急に迎撃態勢に入った。

こういう時は敵を捜《さが》し出すため、防御を固めて攻めるべきだと勘兵衛は考える。

その中心にいつものように剣客の藤九郎を置いた。

藤九郎は朝暗いうちから八丁堀に通って、倉田甚四郎と二人で八丁堀とその周辺を見廻った。

中でも犯人の顔を見たお順を守らなければならない。

お順の言葉で犯人の狙いが北町奉行の勘兵衛と、北町奉行所の与力と同心にその関係者とわかったことで、お順の使命は終わった。

暗殺者は顔を見たお順の命を狙ってくるかもしれない。

何を考え、何をしてくるかわからない凶悪犯だ。

そんな大騒ぎをしている江戸に、草津温泉から五郎が戻ってきて、神田明神のお浦の茶屋に顔を出した。

「末吉さんと彦平さんは？」

「へい、温泉に浸かっています。江戸の様子を見て来いと言われたので……」

「江戸の様子？」

「末吉さんは何か知っているのか？」

「何かあったのですか？」

「うむ、北町奉行所の同心と与力の奥方が斬られて犯人を捜しているところだ」

「同心と与力の奥方を？」

「斬ったのは浪人のようでな、奉行所に恨みを持つ者だろうということだ」

「何んということを……」

「心当たりでもあるのか？」

「あっしの口からは何んとも……」

「末吉さんが知っているのか？」

「お頭はかかわりのないことです」

「そんなことはわかっている。今、江戸に戻れば巻き込まれるぞ。お前もだ」

「へい、すぐ温泉に戻ります」

「浅草寺裏に上方から来た見世物一座が小屋をかけている。前に小五郎という皆殺しの外道が来たことがある。日本橋で十七人を殺した男だ」

上方から来た五郎なら小五郎のことを知っているはずだと平三郎は思う。

「それはお頭から聞きました。京まで追われて一網打尽にされたとか？」

五郎はあっさり知っていると言った。

「そうだ。草津に戻ったら末吉さんに江戸に近づかない方がいいと伝えてくれ、彦平さんは問題ないだろうが……」

「承知しました！」

「凶悪な浪人の顔を見た者がいるそうだ」

「顔を？」

「おそらく、遠からずその浪人は北町の誰かに斬られる。強い剣客が北町には揃っているからな。これから問題になるのはその浪人の後ろに誰がいるのか、それとも誰もいないのかだ？」

五郎は松之丞という男がいると言いたかったが沈黙して考え込んだ。

「誰かいるのだな？」

「平三郎さん……」

「言わなくていい。末吉さんと引っかかりのある男なのだろう」

「お頭はかかわっていませんので！」

「それは、わかっている。末吉さんはこんな凶悪事件に手を出すお頭ではない」

「はい……」

平三郎は五郎が浪人たちの後ろにいる男を知っていると思った。だが、その五郎は平三郎が北町奉行所に近いことを知らない。どうすればいいか平三郎も難しいところなのだ。

露骨に五郎から聞き出すわけにもいかないのである。

「彦平さんはいつ頃、江戸に戻るか？」

「まだ、草津にいますから半月から一ヶ月ほど後になるかと思います」

「そうか、一ヶ月後なら決着がついているかもしれないな。同心が斬られるなどこれまでにない凶悪さで難しい事件だが、北町奉行所がなんとかするだろう？」

「平三郎さん、ここだけの話ですが、その浪人の後ろにいるのは松之丞という小五郎の子分です」

五郎が喋《しゃべ》らないのは卑怯《ひきょう》だと思ったのかポロッと重大なことを言った。

「松之丞？」

「若衆一座を率いている男です」

「なるほど……」

「それじゃ、あっしは温泉に戻ります」

「気をつけて行け……」

「へい、おそらくお頭は江戸には寄らずに、上方に戻ることになるかと思います」

「うむ、それがいい、江戸は凶悪犯が現れて混乱している」

「世話になりました」

五郎は走って中山道に出ると高崎宿に向かった。

走りながら、松之丞が何を考えて、浪人たちに同心や与力の妻を斬らせたのか考えている。何んとも危ないことをしでかしたものだと思う。五郎の知っている松之丞は、そんなことをするような男ではなかったと思うのだ。

「同心と与力の奥方を殺したか……」

噂に聞く江戸の北町奉行と対決して、松之丞は勝てると思っているのか。

その頃、平三郎は松之丞という知らない名前が浮かんできたことで、勘兵衛に知らせようと茶屋を出て北町奉行所に向かった。

五郎が「浪人の後ろには松之丞という小五郎の子分がいる」と、言ったことは極めて重要なことだ。

一網打尽にして解決したと見られている小五郎事件が、終わっていなかったことになる。

平三郎は奉行所との関係を五郎に感づかれるのを嫌い、松之丞がどんな男なのかなど詳しいことを聞かなかった。

探索すればすぐわかることだと平三郎は思う。

ところが、松之丞の姿が見当たらず探索は難航することになる。

奉行所に着くと平三郎は半左衛門と会った。ご用聞きは彦一に譲って、隠居した平三郎は滅多に奉行所には現れない。

「長野さま、妙なことを耳にしましたので、お知らせしておいた方がいいと思い伺いました」

「妙な話？」

「はい、このところ八丁堀で起きた事件の後ろに、京で捕縛された小五郎の子分の生き残り、松之丞という男がいるとのことです」

「なんだとッ！」

「おそらくその男がこの暗殺事件の黒幕です」

「確かなのか？」

「その筋の噂ですから、まんざら嘘ということもないかと思います」

「お奉行に話さなければならぬな……」

半左衛門も小五郎事件の解決で気になっていたことだ。京まで追って一網打尽にしたとはいえ、子分の誰かが逃げているかもしれないと思ったことがある。その半左衛門の勘が当たったことになるのだ。

「やはりあの一味だったか？」

「それではこれで……」

「お奉行に会わずに帰るのか？」

「お話し申し上げることはそれだけでございます。何かわかりましたらまたお知らせに上がります。ご免ください」

平三郎は半左衛門に一礼して座を立った。

迂闊に勘兵衛と会うと何を命じられるかわからない。

事件の探索にかかわりたいのだろうと誤解されて、松之丞を探しだせなどと命じられかねないと思う。平三郎は高遠に帰ることを考えていて、ご用聞きの仕事に戻る気はなかった。その仕事は彦一に引き継いだと思っている。

こういう時は三十六計逃げるにしかず。

平三郎はさっさと奉行所を出ると神田明神に戻ってきてしまった。

勘兵衛には平三郎のそんな気持ちが理解できる。

歳《とし》を取ってから儲《もう》けた娘のお長といつまで一緒にいられるかわからない。平三郎の気がかりはそのことで、お長と遊ぶことを最優先にしている。そんな平三郎のことを勘兵衛は聞いていた。

平三郎が帰ったと聞いて逃げられたと苦笑する。

「おそらくその松之丞のことは平三郎もよく知らないのだろう？」

「そう思います」

「松之丞がどこにいるかだ？」

「まずは浅草の小屋から探索させます」

「そうだな、若衆歌舞伎を率いているということは、どこかに小屋をかけていることも考えられる。浅草ではないかもしれないが……」

「はい、今のところ引っ掛かりはそこだけです」

「うむ、浅草の小屋に手掛かりがあればいいが？」

勘兵衛は松之丞が浅草の小屋にいるとは思っていない。

小五郎の子分であれば警戒しているはずで、もっとも疑われやすい小屋掛けにいるとは考えにくい。同心や与力の妻を狙って殺しにくるような残忍さだ。その警戒は半端ではないだろう。

松之丞の小屋が江戸の外にある場合はわからないはずだ。

そもそも見世物の小屋掛けは珍しいほど少なく、おもしろいと噂にでもならない限りほとんど目立たない。

昼千両といわれる見世物小屋や芝居小屋が、続々と出現するのはまだ先のことだ。

半左衛門はご用聞きを全員集めて、松之丞という上方の役者を探すよう命じた。手掛かりは何もない。江戸中のごみを拾うように、丹念に噂を聞き洩《も》らさず拾うしかないのである。

そんな地道な仕事の先に犯人の影が浮かび上がることがあった。

「江戸ご府内だけでなく、周辺から流れて来る噂にも耳を傾けろ、怪しいと思っても一人では動くな。危ないと思ったらその場から逃げろ、敵は凶悪な連中だ！」

これ以上の犠牲は出したくない。

森源左衛門とお町を失って半左衛門は痛恨なのだ。

これ以上の犠牲を出すようでは、筆頭与力として責任を取らなければならない。隠居で済む話ではなくなる。皺腹《しわばら》を切って責任を取らなければならなくなるのだ。松之丞と名前がわかったのだから探すしかない。

敵も二人を斬った後は姿を現さなくなった。

その犯人が必ず姿を見せると信じて、青木藤九郎と倉田甚四郎が粘り強く見廻りをしている。人斬りは病だから必ず三度目をやるはずだと藤九郎は思っている。そんな凶悪犯を野放しにはしておけない。

間違いなく江戸のどこかに潜んで次を狙っているはずだ。

半左衛門に浅草の見世物小屋の探索を命じられた益蔵たちは、小屋を包囲して小屋の男たちに接近することを決めた。

一座の中に松之丞という役者がいるかを確かめることだ。

そんな時、力を発揮したのは益蔵の子分の鶏太だった。

一座の男衆の中に平太《へいた》という男がいて、いつも木戸口の辺りに立って、客の整理をしたり警備に当たっている男がいる。鶏太はその平太の動きに目をつけた。

足が速いだけではなく近頃の鶏太は目端も利くようになっていた。

　この平太という男は遊び好きのようで、浅草の岡場所《おかばしょ》に時々顔を出している。

　その平太に鶏太は目をつけたのだ。平太はあまり銭を持っていないようで、安い女ばかりを買って泊まらずにいつも小屋に帰った。小屋の男たちの中でも平太は三下奴《さんしたやっこ》だとわかる。

　鶏太はすぐそこまでつきとめた。

「よう、昨夜《ゆうべ》の女はどうだったい？」

そう平太に声をかけた。驚いた顔で平太が鶏太をにらんだ。

「小笹《こざさ》のことだ。いい女だろ？」

「うん……」

「さっきの女踊りだけど、一番左側で踊った女、いい女だな？」

「若旦那、あの女は高いですよ」

「そうか、やはり高いか？」

「その隣の女なら二分で口を利きますが？」

「隣じゃなく、一番左の女、なんとかなりませんかね？」

「若旦那、それは……」

「これで何んとかならないか？」

鶏太が平太に銭を握らせた。

「こんなにもらっちゃ……」

「いいんだ。また来るから、惚《ほ》れた色男がいると、あの女に伝えてくれ、頼むから……」

「小紫《こむらさき》には伝えるけど当てにしないでくれ……」

「二分じゃきついな」

「若旦那、あっしらも商売なんでね」

「小紫というのか、そこがお前さんの腕じゃないかい？」

「若旦那も好きだね？」

「色にはお前さんも同じじゃないか？」

「へヘッ……」

平太がそうだと言わんばかりに笑う。

「じゃ、頼んだよ」

若旦那風の鶏太が小屋を離れた。

その様子を親分の益蔵と卯吉が見ている。彦一は客になって小屋に入っていた。鬼七と留吉は小屋の裏口を見張っている。小屋を囮にした松之丞の計略は成功しているように見える。

その夜、鶏太が岡場所に行くと平太が遊びに来ていた。

いつもは酒を飲む金がないから素面《しらふ》で女を抱くが、この日ばかりは鶏太の銭のお陰で平太は酒を飲むことができた。

安酒を飲んでいつもの安い女を抱いて上機嫌なのだ。

「よう、景気がいいじゃねえか？」

鶏太が声をかけた。

「そんなに飲んで大丈夫か？」

「若旦那、すまねえ、小紫の野郎がいい返事をしないんだ」

「そこをなんとかするのがお前さんの腕だろ。頼むよ」

鶏太がまた銭を握らせた。

「旦那、こんなにしてもらって……」

「いいんだ。それより小紫をなんとかしてくれないか？」

「うん、わかった」

鶏太は小紫を抱きたいわけではない。

なんとか平太に信用させて松之丞のことを聞き出したいのだ。鶏太はこの小屋と松之丞という男は関係があるとにらんでいる。御用聞きの勘で小屋から何んともいえない嫌な匂いがすると思う。

芝居小屋独特の底抜けの陽気さがない。

鳴り物などは賑《にぎ》やかなのだが、鶏太は重苦しさを感じるのだった。小屋には何か秘密があると嗅ぎ分けたのだ。血生臭い松之丞の小屋に間違いない。だが、その松之丞はどこにいるのかわからないのである。

「おれにも一杯くれるか？」

「おう、一杯とは言わず飲んでくれ……」

「うむ、ところで江戸の女はどうだい。小笹は？」

「いいな。こんな商売だからあちこちで、色んな女を数えきれないほど抱いたが小笹が一番だ……」

「じゃ、早いとこ行かねえと小笹がじれてるんじゃないかい？」

「それが売れっ子だからなかなか会えねえのさ……」

「そうか、気の毒に……」

「いいんだ。旦那のお陰で今日は泊まるつもりだから……」

「なるほど泊まりか、小屋の方は大丈夫か？」

「おれがいなくても心配ないさ……」

鶏太が酌をして平太に飲ませ、二人でしたたかに飲んだ。

こういうことは焦るとろくなことがない。鶏太はじっくり平太に酒を飲ませて、腰がふらつくようになってから小笹のところに送り込んだ。

鶏太も相当に酔っていた。

江戸は日比谷入江《ひびやいりえ》の埋め立ての頃から非常に埃《ほこり》っぽかった。風が強い日には土埃が舞い上がって埃だらけになる。

江戸に湯屋が多いのはそのためでもあった。

雨が降らないと埃っぽく、雨が多く降れば道が壊れてドロドロになる。そこを荷車や馬が行くのだから難儀なことだ。そんな江戸には毎日人が集まって数だけは増える。それも薄汚れた男ばかりだ。

江戸へ行けば何んとかなると安易に考えている。

汚れた男ばかりで武家の屋敷や大店《おおだな》でもない限り、家に湯殿を持っていることはほとんどない。そんなところだから岡場所には、小綺麗《こぎれい》になるための湯屋がある。その湯屋が爆発的に大発展する。

吉原がやがて泊まり禁止など取り締まりが厳しくなると、この湯屋がやがて夜七つ申《さる》の刻に終わって、湯上がり場に金屛風《きんびょうぶ》などを立て回して、湯女たちが派手な衣装に化粧などをして現れ、歌を歌うなど芸をしながらやがて私娼となっていくのだ。

庶民は賢く、次々と新手を考えるのが得意だ。

遊郭ではなく湯屋であれば幕府も目を瞑るしかない。幕府の禁止令の裏をかいくぐるのが庶民の力強さでもある。そんな江戸だから日に日に大きくなる活気に満ちていた。そういう城下は間違いなく大繁盛する。

「平太さん、今日は綺麗ですこと……」

「おう、飲む前に湯屋に行って来たんだ。お前さんに待たされたからな」

「ご免なさいね」

「いいんだ。いい女を抱くんだ。それぐらいは当たり前のことよ」

「ありがとう。そんなに酔って大丈夫？」

「ああ、いい旦那と出会ってご馳走《ちそう》になったのさ……」

「いい旦那？」

「うん、たっぷり銭をもらったんだ」

「まあ、凄いじゃないの、それならあたしもいいかしら？」

「おう、遠慮なく飲んでくれ……」

平太と小笹の酒盛りが始まった。酔っぱらった男と女の夜の始まりでだらしないこと際限がない。そこが気さくな岡場所のいいところでもある。

差しつ差されつだが小笹は平太に酌をして酔わせた。

「小笹、抱いていいか？」

「うん、いいよ……」

「よし、着物を脱がせてくれ！」

酔っぱらった平太が一人では裸にもなれず布団に転がった。

「平太さん……」

「ん、なんだ？」

「松之丞さんて誰なの？」

「ま、松之丞だと、その名前を誰に聞いた？」

「お客さんから……」

「客だって？」

「お客さんの名前は知らない。松之丞さんてすごく怖い人だって言っていたけど？」

「お前、その話はやめろ……」

「どうして、話もできないほど怖い人なの？」

「そうじゃねえ、あの一座の頭なんだ」

「じゃ、小屋にいるんだ。会ってみたいな。いい男らしいから……」

「馬鹿野郎、お頭は小屋にはいねえ、女嫌いだ」

「まあ、女嫌いってこっちのこと？」

「痛ッ、おめえ馬鹿ッ、そこはやめろッ！」

「平太さんは違うの？」

「当たり前だ。おれは女だけだ」

「そのお頭っていい男なんでしょ、会いたいな？」

「どこにいるかおれも知らないんだ。駿府で別れたから……」

「江戸に来ているの？」

「うん、たぶんな……」

「平太さん……」

小笹が平太に覆《おお》いかぶさっていった。

これ以上、平太から聞き出すことはできないと思った。だが、平太が一座と松之丞の関係を認めたことは大事なことだと思う。おそらく松之丞の行方を知らないと言うのも本当だろう。

翌朝、平太が帰るとそれを見張っていたように小笹の前に鶏太が現れた。

「どうだった小笹?」

「駄目だった。松之丞がどこにいるかは知らないって……」

「一座との関係は?」

「一座の頭だって、駿府で別れたから江戸にいるだろうって……」

「そうか、よくやってくれた」

「怖かった。鶏太さん抱いて……」

小笹が怯えたように言う。

「すまねえな、無理なことを頼んで、今度、必ず抱きにくるから許してくれや……」

「本当だよ?」

「うん、平太が来たら、もう何も聞くな。怪しまれると殺されるぞ」

「怖いよ、鶏太さん……」

「大丈夫だ。あいつは酔っぱらって忘れている。もう何も聞かなくていい」

「鶏太さん……」

「なんだ？」

「好きだから……」

小笹が唐突に言う。

「おれも同じだよ小笹……」

「本当？」

「うん、また来るから……」

鶏太は手を振って小笹と別れると、勢いよく走って小屋掛けを見張っている益蔵の傍に戻った。松之丞が小屋主だとわかったことは大きい。

「どうだった？」

「やはり松之丞がこの一座の頭だそうですが、駿府で別れてからどこに行ったのか知らないと小笹に言ったそうです」

「駿府で別れた？」

「江戸に来ているだろうということだそうで……」

「くそッ、江戸に来ているが、どこにいるかわからないということだな？」

「へい……」

「この小屋に一座の頭がいないということは囮ではないのか？」

「本隊がどこかにいる？」

「そうも考えられる。奉行所に走って長野さまにお伝えしてこい！」

「へい！」

足の速い鶏太が走り出した。

そこに隠密廻り同心の黒川六之助が現れた。

「今、鶏太が走って行ったが？」

「黒川の旦那……」

「奉行所か？」

「ええ、鶏太が松之丞のことをつかみまして……」

「行方の分からない例の男だな？」

「そうなんです。松之丞という男がこの一座の頭だそうですが、一座とは駿府で別れてどこに行ったかわからないということです」

「どこにいるかわからないか？」

「江戸には入っているだろうということですが……」

「雲をつかむような話だな。江戸は広い。何か手掛かりが欲しいな？」

「はい、この小屋に松之丞がいないということは、別に動いている者たちがいるということがわかったのではないかと？」

「そうだな。この一座に目を向けさせようとしているのだろう」

「囮かと……」

「うむ、確かに囮かもしれん。何か企んでいるかもしれぬぞ？」

「企む？」

「そうだ。暗殺組と盗賊組とを分けるとか……」

「それでは黒川の旦那は、暗殺組は動いたが盗賊組はまだ動いていないと？」

「考えられないことか？」

「いいえ、充分にあり得ることかと思われます」

益蔵は黒川六之助の考えにも一理あると思った。

松之丞という敵は一筋縄ではいかない凶悪犯だ。既に、同心の森源左衛門と与力の倉田甚四郎の妻を殺害している。

暗殺組と盗賊組を分けて動かすぐらいのことはやってのけそうだ。

得体の知れない薄気味悪さがある。

第十三章　鶏太《けいた》とお島《しま》

奉行所に飛び込んだ鶏太はすぐ半左衛門に呼ばれた。

「何か判明したか？」

「はい、松之丞というのは浅草にいる一座の頭だそうですが、駿府で別れてからどこにいるのかわからないそうです。江戸に入っていることは間違いないだろうということでございます」

「駿府で別れた？」

「一座の男がそう言ったと……」

「駿府までは一緒に来て、そこから別行動を取っているということだな？」

「そのようでございます」

「相分かった。もうしばらく一座の小屋を見張れ、今の手掛かりは浅草の一座だけだ。益蔵にそのように伝えろ！」

「はいッ！」

鶏太が浅草に戻って行くと、半左衛門は勘兵衛の部屋に顔を出した。

奉行の勘兵衛は訴訟人を呼び出して考えを聞き、その裁決を申し渡すなど毎日多忙である。

そんな多忙の隙間に半左衛門が報告するのだ。

「お奉行、ただいま浅草の益蔵の子分、鶏太が来ました。松之丞は一座の頭だと報告していきましたが、その松之丞は駿府で一座と別れ、どこに行ったかわからないと一座の男が言ったそうで、江戸に入っていることは間違いないだろうとも言ったそうでございます」

「そうか、松之丞は一座とは別行動なのだな？」

「はい……」

「江戸のどこに潜んでいるかだ？」

「おそらく松之丞は小屋とは別の一味を連れているものと思われます」

「うむ、源左衛門とお町を斬った浪人がその中にいるということだろう」

「はッ！」

「奴《やつ》らは必ずどこかに現れる。血に飢《う》えた狼《おおかみ》だ。油断せず粘り強く見廻《みまわ》りをするように、いかなる時も一人歩きはしないように」

「はい、これ以上の犠牲は出せませんので、そのように厳しくいたします」

「それに浅草の一座は、奉行所の目を引き付ける囮のつもりだろうが、松之丞らを追い詰めると一座とつなぎを取るかもしれない。六之助と益蔵に目を離すなと言っておくことだ」

「承知いたしました」

「どこに潜んでいるかだな」

「はい……」

勘兵衛と半左衛門は二人の浪人が動きを止めたことで打つ手がない。

奉行所の与力や同心が昼夜八丁堀周辺を見廻っている。敵の目的が勘兵衛と奉行所であることがわかっているのだが、お町が斬られた時にお順が見た浪人というだけで攻め口が見つからない。

浅草の一座を捕まえて拷問にかけても、鶏太が報告してきた以上のことはわからないだろう。

敵が仕掛けてくるのを待つしかないか。

その夜、事件が起きた。

奉行所の潜《くぐ》り戸《ど》を叩《たた》く者がいる。門番が「誰だッ？」と誰何《すいか》した。

「訴訟のことでお願いがあります」

「夜は受け付けない。明日にしろ！」

門番が迷惑そうに言って断った。

「そこをなんとかお願いします。急ぎますので……」

「駄目だ。駄目だ。急ぐなら明日の朝一番にしろ！」

門番が断固駄目だと言い張った。夜に訴状などふざけるなと思う。すると二度目はなく立ち去ったようだった。

「どうした？」

「この夜中に訴状だと……」

「そうか……」

門番二人が一杯やって寝ようとしていた。四半刻《しはんとき》（約三〇分）もしないでまた潜り戸をドンドン叩く。門番が出て行くと「駄目なものは駄目だぞ！」と断った。

「おれだッ、戻ったぞ！」

「あッ、すみません」

少し酔っていた門番は誰何するのを忘れて、同心が戻ってきたと思ってカタッと閂《かんぬき》をはずして門の脇の潜り戸を開けた。

「ご苦労……」

ヌッと浪人が入ってきて一刀のもとに門番を斬り倒した。

「ギャーッ！」

悲鳴にもう一人の門番が飛び出した。

「どうしたッ！」

開け放たれた潜り戸の傍《そば》に門番が倒れている。斬った浪人は尾崎馬之助で既に逃げ去っていた。

「どうしたッ！」

宿直同心の村上金之助と大場雪之丞が飛び出してくる。

「き、斬られたッ！」

「誰にッ？」

「わかりませんッ！」

腰の抜けた門番がその場に座りこんで泣いた。そこに寝衣の文左衛門が太刀を握り裸足《はだし》で走ってきた。斬られた門番を見て潜り戸の傍で気配を探って外に飛び出した。

星明かりの道は白く乾いている。

闇が広がっていて人影はない。中に戻ると文左衛門が潜り戸を閉めた。

「遺体を中に運べ……」

そう命じると勘兵衛の部屋に向かった。

悲鳴を聞いた勘兵衛は既に異変を感じて起きていた。

「門番だな？」

「はい、潜り戸の傍で斬られておりました」

「奉行所の中に潜んでいることはないか？」

「逃げたものと思われますが？」

「念のためだ。奉行所の中を調べろ！」

「はッ！」

文左衛門が太刀をつかんで立ち上がった。そこに素早く着替えた喜与が現れる。

「着替える」

「はい！」

勘兵衛は手薄になった奉行所を狙われたと思う。宇三郎と藤九郎は八丁堀の見廻りに出ている。

奉行所の中を調べるのは文左衛門と金之助に雪之丞の三人しかいない。

そこに着替えた勘兵衛が加わった。

四人が邸内をくまなく探したが、門番を斬った者は逃げたようだ。

喜与の傍には薙刀《なぎなた》を持って、お志乃とお登勢にお滝が来て守っている。お滝は薙刀より鳶口《とびぐち》の方が扱いやすい。

「逃げたようだな？」

「はい……」

悲鳴を聞いて飛び出してきた門番が、潜り戸を出て逃げて行く浪人の後ろ姿を一瞬だが見ていた。気が動転してそれを忘れている。

勘兵衛は砂利敷の筵《むしろ》に横たわる門番の遺骸を確かめた。

左の首筋から袈裟《けさ》に斬られて即死だと思われる深い傷だ。相当な腕の持ち主でないとこのような傷は残らないと勘兵衛は思う。

夜半過ぎ、宇三郎と藤九郎が奉行所に戻ってきた。

「お奉行……」

「手薄なところを狙われた」

「門番を斬るとは卑劣な……」

「潜り戸を開けたところをやられた。奴らは奉行所の者なら誰でもいいから斬りたいようだ」

「邸内に隠れているということはございませんか？」

「調べた。門番が潜り戸から出て行った浪人を見たようだ」

「やはり、八丁堀と同じ浪人？」

「間違いなかろう。奴らは必ず八丁堀に戻ってくる。その時しか斬る機会はない！」

「はッ！」

「必ず斬り捨てろ！」

この事件について勘兵衛は箝口令《かんこうれい》を敷いて、奉行所の外には漏れないようにした。

奉行所の門番が斬り殺されたということになると、勘兵衛と奉行所の威信が地に落ちてしまう。それだけは何《な》んとしても防がなければならない。

その日、登城すると勘兵衛は土井利勝に面会を願い出た。

土井利勝はどんなに忙しくても必ず勘兵衛とは会うことにしている。多忙な利勝はわずかな隙間に勘兵衛と会った。

「ご老中、奉行所の門番が斬られましてございます。それがしの油断にございます」

「三人目だな？」

「はい、三人とも一太刀にて斬られております」

「誰の仕業かわかったのか？」

「はい、以前、京で一網打尽にした小五郎という盗賊の子分で、松之丞という者が奉行所に仕返しをしていると判明いたしました」

「そ奴は越中屋を皆殺しにした一味の生き残りだな？」

「はい……」

「相分かった。必ず始末をつけろ！」

「畏《かしこ》まってございます」

「気落ちするな！」

「はい！」

「責任は問わぬ。こういう狂気の奴らは皆殺しにするしかないぞ」

「はッ！」

老中の土井利勝は三人の犠牲を出して、責任を感じている勘兵衛の気持ちをわかっている。

責任は問わないと明言した。

そのかわり勘兵衛に任せるから皆殺しにしてしまえという命令だ。さすがに冷静な土井利勝も江戸のど真ん中で十七人を殺され、その生き残りが奉行所に襲いかかるとは許せない所業だと思う。

その日から数日、浪人の動きが再び止まった。

浅草の一座の見張りは続いている。

「若旦那、小紫が承知したんだがどうします？」

芝居小屋の入り口で平太が声をかけてきた。

「そうか、大川端《おおかわばた》の逢引茶屋《あいびきぢゃや》を知っているか？」

「へい、知っておりやす……」

「今夜、戌《いぬ》の刻でどうだ？」

「わかりやした。必ず連れてまいります。帰りは？」

「明け六つ、卯《う》の上刻でどうだ？」

「承知しました。いい女ですからじっくりと楽しんでくだせい」

「お前は小笹のところか？」

「へい……」

「手を出せ……」

鶏太ははずんで豆板銀を握らせた。

「旦那、いつもすまねえ……」

「いいんだ。小笹はおれも好きだ」

「小笹と小紫は似ていますぜ旦那、あっしはいい女でも惚《ほ》れちゃ駄目なんだ。あと半月もすれば京に戻るんだから……」

「そうかい。小紫が京には帰らねえと言うかもしれねえぜ？」

鶏太が伝法に言う。

「若旦那、小紫は簡単には落ちやせんよ」

「そうか、今夜、戌の刻だからな」

「へい、小紫にご注意を……」

「馬鹿野郎、余計なお世話だ！」

「へへッ……」

鶏太は小屋に入らず約束だけしてそのまま帰った。何《な》んでもいいから小紫から松之丞のことを聞き出したい鶏太なのだ。だが、平太が喋《しゃべ》ったこと以上のことを小紫が知っているとも思えない。

そんな時、半左衛門から油断しないように改めて命令が出た。

奉行所の門番が斬られたことは黒川六之助から伝えられ、どこで誰が斬られるかわからない緊急事態だと言われた鶏太は、平太と小紫にも気をつけないと危ないと思う。油断は絶対駄目だ。

女にブスッとやられたりしたら目も当てられない。

「親分、今夜、小紫が逢引茶屋に来ます」

「そうか、お足はあるか？」

「へい、女に払う二分金は持っています」

「その女から何か聞けるかもしれないから持って行け……」

益蔵が懐から一両を出して鶏太に渡した。

「親分……」

「けちな野郎に見られないようにポンと一両払ってやれ、その方が女も喋りやすいだろう。違うか？」

「うん……」

「小笹に殺されない程度に遊んで来い」

「へい、小紫はいい女だそうですから……」

「馬鹿野郎、骨抜きにされるんじゃねえぞ。いいか、あのような小屋の女は魔物だからな？」

鶏太は益蔵から一両も渡されて緊張している。小紫から何も聞き出せないで帰ったら叱られる。

「自慢している腕の見せ所だからな、鶏太！」

「うん！」

益蔵と鶏太が逢引茶屋に向かった。二人はお昌と金太に会って今夜の段取りをつけるためだ。手違いのないようにしておかないとならない。鶏太が危ない時は金太が飛び出して助ける。

何が起きてもおかしくない状況なのだ。

「兄い、覗《のぞ》き見しないでおくれよ。見られちゃ震えちゃうからさ……」

「鶏太、それは心配ないから、この人はあたしが押さえておくから安心しなさい」

「うん、姐《あね》さんにそう言ってもらうと気持ちが楽になる」

鶏太は金太に見られるのを嫌がった。

「大丈夫、お奉行所の仕事なんだから、誰も近づかないようにする」

お昌が約束した。

若い男が大好きなお昌は鶏太を気に入っている。

「頑張るんだよ」

「うん……」

「鶏太は可愛《かわい》いね……」

それを聞いて傍の金太がムッとする。

「焼き餅焼きなんだからお前さんは……」

お昌は天真爛漫《らんまん》、傍若無人、金太と一緒になって若返り、二代目から逢引茶屋を任されてまた若返った。人にはぴったりという仕事があるもので、お昌は逢引茶屋の仕事を気に入っている。

大柄の派手な着物を着て逢引茶屋の女将《おかみ》が板についてきた。

その頃、鈴菜の末吉と草津温泉に行って来た足袋《たび》屋の彦平が、神田明神のお浦の茶屋に蕎麦《そば》切《き》りを食いに立ち寄っていた。末吉は平三郎の忠告を聞いて草津温泉から大阪に向かったのだ。

松之丞のような外道にかかわることはない。

「彦平さん、上がっておくんなさい」

平三郎が彦平を二階に上げた。

「末吉さんはどうしました？」

「高崎宿から中山道を西へ向かいました」

「それは良かった。今の江戸は非常警戒なんだ」

「また何かありましたか？」

「実は、ここだけの話にしてもらいたいのだ。一年以上前の話だが、あちこちへ泥棒に入って十両ばかりを盗んだ賊の話を聞いたはずだが？」

「そう言えば確かにそんなことを聞きましたが、北町の奉行所に捕まったそうで……」

「その男はわしと引っかかりのある男で、どうしたわけかお奉行の手先になると約束して放免され、今はご用聞きをしているんだ」

「そんな噂《うわさ》も聞きます。北町のお奉行という人はおもしろい人だそうで？」

「その男の話だと奉行所では隠しているようなんだが、門番が斬られたということらしいのだ」

「お奉行所の門番が？」

「うむ、事実だとすれば三人目の犠牲者になる」

「何んということを……」

「何んの罪もない者まで殺すとは困ったことだ。こんなところに末吉さんが戻ってこなくてよかった。役人たちが血眼《ちまなこ》になって犯人探しをしているのだ」

「平三郎さん、五郎から松之丞の名を聞いたはずですが？」

「聞いた。凶悪な小五郎の子分だとか？」

「それなんだが、これはあっしと末吉さんしか知らないことなんだが、松之丞というのは小五郎の子分ではなく実の息子なんだ」

「実の息子？」

「小五郎がまだ若い十七、八の頃に京の島原《しまばら》の女に産ませた子で、誰にも子だとは言わずに子分としてきたようなんだ」

「そうでしたか……」

「悪党にも人には言えない秘密があるようで……」

「なるほど、すると奉行所に対する恨みは尋常ではないということになる」

「そうです。親の仇《かたき》ということに……」

平三郎はそれを知っている末吉が、早々に上方へ引き上げたことも納得できる。松之丞に巻き込まれると思ったのだろう。裏の事情から松之丞は末吉と会うこともないだろう。鈴菜の末吉は同心と与力の奥方が斬られたと五郎から聞いて大阪に戻る腹を決めたのだ。

その松之丞は父親の復讐《ふくしゅう》に命を張っていると思われる。

いよいよ松之丞の正体がはっきりしてきた。

「彦平さんも息子さんもこんな外道の事件に巻き込まれないように……」

「うむ、心配してもらって有り難いことです」

「こういう時はしっかり警戒しないと、追い詰められた松之丞が何をしてくるかわからない。彦平さんは松之丞の顔を知っているんだろうから……」

「ええ、だいぶ前に何度か会ったことがあります。あっしが江戸にいることは知っているはずです」

「力になれることがあったら遠慮なく言っておくんなさい。まだまだ痩せ浪人どもには負けませんから……」

「平三郎さんはお武家さまだから……」

彦平は蕎麦切りを美味《うま》そうに食べて神田の足袋屋に帰って行った。その彦平は足袋屋の近くから、向きを変えて浅草の金杉村に向かった。そこには末吉の子分の角之助がいる。

末吉は高崎宿で彦平と別れる時、角之助は足を洗ってお舟を幸せにしてやれと言ったのだ。それを伝えに金杉村に行くことにしたのである。

その夕刻、平三郎が北町奉行所に向かった。

半左衛門と会って松之丞は小五郎の息子だと伝えて、勘兵衛とは会わずに神田明神に戻ってきた。勘兵衛に仕事を命じられそうで会うことができないのだ。近頃の彦一は奉行所の探索に忙しくお浦の茶屋に立ち寄っていない。

蕎麦切りぐらい食いにくればいいのだが。

平三郎の話で勘兵衛と半左衛門は松之丞の執念を感じた。これまでなぜそこまで奉行所に復讐しようとするのか、疑問だったのだが小五郎の実子と聞いて疑いが氷解したのである。

勘兵衛はもやもやしていた胸のつっかえがストンと腑《ふ》に落ちた。

親子であれば何んとしても復讐したいと思うのは当然だ。悪党にも親子の情はあるのだろうと思う。このことは勘兵衛と半左衛門の胸の中に秘められた。その二人は平三郎がどこでそんな重要なことを聞いてくるのかわからないのだ。

その夜、戌の刻に鶏太はお昌の逢引茶屋に入った。

「大丈夫かい？」

お昌が心配する。

「酒を飲むかい？」

「少しだけなら……」

「じゃ持って行かせるから、岡場所に遊びに来たつもりで……」

「うん……」

鶏太は口ほどにもなく緊張していた。

「おい、鶏太、気楽にな？」

金太が出て来て声をかける。

「兄い……」

「誰も近づかないから安心しろい！」

「うん……」

お昌が茶屋で一番いい部屋に鶏太を連れて行った。

「一杯やったら、そこの寝所に連れて行くんだよ。わかっているだろ？」

「大丈夫……」

お昌がニッと小さく笑って部屋から出て行くと、すぐ小紫を連れて戻ってきた。

「ごゆっくり……」

お昌が出て行くと入れ替わりに酒が運ばれてきた。女二人が膳を置いて出て行くと、小紫が手をついて「お呼びいただき、ありがとうございます」と挨拶する。

鶏太の顔を見て微笑《ほほえ》んだ。

「まずは一杯、どうぞ……」

鶏太に盃《さかずき》を持たせて酌《しやく》をした。それをグッと飲み干すと「お流れを頂戴いたします」と鶏太の盃を持った。

「いける口か？」

「いいえ、ほんの少しだけ……」

「そうか、平太に無理を言ってすまんな？」

「そんなことございません。こういうことは一期一会《いちごいちえ》でございますから……」

「そうだな。平太に言われたよ」

「何んと言われました？」

「小紫は間もなく京に帰るから惚れるなと……」

「まあ……」

「余計なお世話だと言っておいた」

「ええ……」

うれしそうに小紫が傍に寄って酌をする。

「あまり飲めないんだ」

「うん……」

小紫が鶏太の手を握ると「いいの？」と聞いて寝所に連れて行った。小紫は若い鶏太を気に入ったのだ。鶏太は益蔵の子分になってから小洒落《こじゃれ》た男になってきた。

益蔵の女房のお千代が野暮《やぼ》ったいのを嫌うからだ。

こういうところに小紫を呼ぶのは、それなりの歳《とし》の人がほとんどで、鶏太のような若い男は珍しい。

若い二人はすぐ夢中になった。

鶏太は小紫に聞きたいことがある。なにか松之丞の手掛かりをつかみたい。一両をどこで出そうかと少し悩んでいた。

気楽に遊びに行く岡場所とは勝手が違う。

「鶏太さんて呼んでいい？」

「うん、小紫……」

「鶏太さん……」

なんだかいい感じになってしまう。

「鶏太さん、本気になっちゃいそうなの……」

「おれも同じだ！」

何んともかんとも若い者は天下御免だ。

「小紫……」

「いやッ、お島《しま》と呼んで……」

「お島か？」

「うん……」

「お島、お前は一座の親方の女じゃないのか？」

「どうしてそんなことを聞くの？」

「あの一座で一番いい女だから……」

「焼き餅？」

「うん……」

「うれしい、心配ありませんよ。お頭は女嫌いだから……」

「女嫌い？」

「そう、男好きなの……」

「本当か？」

「ええ、本当だから、宗次郎さんといういい人がいるのよ」

「ゲッ、それ本当なのか？」

「本当よ。宗次郎さんがお頭に替わって一座を率いることもあるの……」

「それじゃ、お島はその宗次郎という人とか？」

「一座の女に手を出すとお頭に叱られるからそんなことない」

「そうか、それじゃお島、惚れてもいいのか？」

「惚れちゃ駄目！」

「どうしてさ？」

「そう言われたんでしょ？」

「うん……」

「もう一度、鶏太さんに会いたい。駄目？」

「京へ帰るんだろ？」

「その前に、もう一度、駄目？」

「いいと言いたいんだが……」

鶏太は泣きそうな顔になった。

もう一度お島と会うだけのお足を持っていない。懐にある一両を出してしまえば二分は残るが、なんとも心細い限りだ。

「わかっているの、あたしに任せて心配しないでいいから……」

「だけど……」

「懐具合でしょ？」

「うん、正直に言うと一両二分しかないんだ」

「今度はこんな贅沢《ぜいたく》なところでなく鶏太さんの家で会いたい。奥さんいるの？」

「そんな者いない。家っていっても長屋だよ？」

「うん、そういうところが好き、本気になれるんだもの……」

「お島、お前……」

「鶏太さん……」

なんだか二人がおかしくなってしまった。こういうことが起きると厄介だ。定吉と葵《あおい》の二の舞ではないか。鶏太とお島は若いだけに燃え盛ると、焼き尽くさないではすまなくなる。

「怖いの……」

お島が鶏太に抱きついた。

「何が？」

「わからないけど、あの一座にいるのが怖いの……」

「どうして？」

「駿府から江戸に来る時、一座から頭や宗次郎さんたち八人が消えたの。それ以来、誰も行方がわからないって言うし、何か悪いことをしているんじゃないかって、一座の中でひそひそと噂されているんだもの。怖い……」

「悪いこと？」

「うん……」

「消えたのはどんな人たちだい？」

「浪人さんが二人、他は一座の男衆、それに変な浪人さんが一人かな？」

「変な浪人？」

「うん、凄《すご》く強いんだそうだけど、滅多に一座には顔を見せない人、あたしが顔を見たのは二度だけ……」

「それはなんだか怖そうだな？」

「そう思うでしょ？」

「うむ、どこへ行っちゃったんだろう頭たちは？」

「みんなは江戸にいるんだと言うけど、それなら一座に顔を出せばいいのに、そうしないのはやはり悪いことをしているとしか？」

「泥棒か？」

「まさかあの頭が……」

「どんな人かわからないからな？」

「頭は役者だから七化けの松之丞とかいうらしいの……」

「七化け？」

「うん、なんにでも化けるということらしい」

「危ないな、お島……」

鶏太がお島に覆いかぶさっていった。

「鶏太さん、どうすればいいと思う？」

「そうだな逃げるか？」

「一座から、そんなことしたら殺されるもの……」

「そうだな。頭の七化けは何を考えているんだか？」

「一座の噂を聞いたんだけど、頭と宗次郎さんは別々じゃないかって……」

「別々？」

「八人一緒じゃ目立ち過ぎるって、みんなの言っていることがなんだかおかしいのよ……」

「確かに、お島、これは危ない話だ。かかわるんじゃないぞ」

「うん、だけど一座のみんなと一緒だから……」

「逃げるか？」

「逃げられないよ。鶏太さん助けてくれる？」

「そうだな……」

鶏太がお島を抱きしめて考え込んだ。お島が怯《おび》えているのがわかる。

そんな二人の夜は忙しく長かった。馴染《なじ》んでしまうと男と女の気持ちは通い合うものだ。

「お島、おれを信じるか？」

「うん、鶏太さんはいい人だもの……」

「何があっても信じるか？」

「信じます」

「よし、助けてやる。今度、おれの長屋に来る時が勝負だ」

「乱暴にしないでね」

「心配するな」

「そうじゃなくって、今……」

「そうか、そうか……」

鶏太はお島に頼られて急に元気になり、お島の扱いが荒々しくなった。それをお島が怖がった。

「必ず助けるから信じろ！」

「はい！」

何んだか話があっちに行ったり、こっちに来たりややっこしい二人だが、お島が一座から逃げることで話がまとまった。無分別だがそれこそが若いことの証明だ。恐れない勇気がある。無分別こそ若い者の特権といえる。分別ができると人は臆病《おくびょう》になってしまう。

鶏太は薄気味悪い一座だと思うが勝負に出る覚悟だ。

お島が一座から逃げ出せば、間違いなく平太に疑われるだろう。場合によっては一座との戦いになる。だが、黒川六之助、小栗七兵衛、島田右衛門の同心たちに、益蔵、鬼七、彦一のご用聞きたちがいるのだから、平太たちと戦っても易々《やすやす》と負けるはずがない。

第十四章　小　石

迎えが来て小紫のお島が帰ると、鶏太は逢引茶屋を飛び出してお千代の茶屋に走った。

「親分ッ！」

戸を叩くと眠そうな益蔵が鶏太だと確かめてから戸を開けた。

「どうしたこんな刻限に？」

「終わりました！」

「そうか、そりゃよかった。帰って寝ろ……」

「そうはいかないんで！」

「馬鹿、いいとこなんだぞ」

「親分、そんなことしている暇はねえんですよ」

「なんだ。そんなこととは！」

益蔵が怒ったが奥から「いいんだよ鶏太、お入り……」とお千代の声がした。

「姐さん、いいとこだったようですまねえ……」

「馬鹿だねお前は、余計な気を遣うんじゃないよ。小紫はどうだったんだい？」

「それなんだ親分！」

「しょうがねえ、上がれ！」

益蔵が中途半端にされたことで怒っている。

「姐さん、小紫はいいんだ。良かったよ」

「馬鹿、その前に親分に話す大事なことがあるんだろ？」

「うん、親分、お島が一座から逃げるから助けてくれと言うんだ」

「お島って誰だ？」

「お島は小紫の本当の名なんだけど、一座にいるのが怖いから逃げたいそうなんだ」

「話が見えないな？」

「鶏太、渋茶《しぶちゃ》でも飲んで落ち着いて親分に話しな……」

「姐さん、すまねえ……」

お千代から茶碗《ちゃわん》を受け取って、冷たい渋茶を口に含み鶏太が顔を歪《ゆが》めた。

「そんなに渋いかい？」

「いや、姐さん、うまいよ」

「そうかい……」

美味いはずのない渋茶だ。

「親分に順序立てて話さないといけないよ、鶏太……」

「うん、親分、お島と寝たらこれがいいんだ。すぐ意気投合して馴染んでしまって……」

「馬鹿、それは聞いた！」

「そのお島が言うには、松之丞というのは女嫌いで、七化けという変装の名人だそうなんだ」

「七化け？」

「うん、何んにでも化けるそうだ」

鶏太がお島から聞いたこと、約束したことなどを話し出した。

それを益蔵とお千代が黙って聞いている。鶏太の話にはいくつか重要なことが含まれている。

女嫌いの松之丞が七化けであること、その松之丞に宗次郎という男がいること、浪人は二人ではなく三人らしいこと、別働の松之丞たちは八人であること、その八人が松之丞と宗次郎の組に分かれているらしいことなどだ。

もう一つは、お島が一座から逃げたいというのを、どう扱うか難しいところである。

鶏太の長屋に一旦匿《かくま》うかだ。

「鶏太、お前、いい仕事をしたね」

「姐さん、一両二分あるんだけど？」

「小紫には？」

「助けてくれるならいらないって、受け取らなかったんだ」

「そう、お前に惚れたんじゃないのかい？」

「へい、そんなところかと……」

「馬鹿野郎、いい加減にしねえか！」

鶏太が益蔵に叱られるとお千代は笑顔で首をすくめた。

「小紫のことは同心の旦那方と相談してからだ」

「へい……」

「こうなってくると厄介なことになりそうだぞ」

「お前さん、松之丞という悪党は賢いね」

お千代は盗賊の情婦だっただけに、松之丞という凶悪犯が一筋縄では行かないと嗅ぎ分ける。確かに松之丞の仕掛けは巧妙にできていると思う。鶏太と小紫の話から一味の全貌が浮き上がってきたようだ。

益蔵はすっかり目が覚めて寝衣のまま考え込んだ。

「一座を三つに分けて動くところなどは侮《あなど》れない相手だぜ……」

「お奉行さまに話して指図をいただいた方が？」

お千代は益蔵や数人の同心ではどうにもならないと思う。小屋掛けの一座の他に松之丞と宗次郎の組が動いているとなると難儀な事件だ。

「目が覚めた。着替えるか……」

「出かけるのかい？」

「うむ、鬼七と変わってやらないと、今頃、留吉は寝ぼけているだろう。おめえはどうする鶏太。帰って寝てもいいぞ？」

「もう眠くねえです」

「興奮してんじゃねえぞ。小紫のことは忘れろ！」

「親分、そんなこと言われてもさ、いい女だから忘れられねえよ」

「馬鹿野郎、仕事が先だ！」

「へい……」

「鶏太、頑張りな、親分はお前をご用聞きにするつもりなんだから……」

「親分ッ、本当か？」

「その前に小笹にするか小紫にするか女房を決めろ。岡場所にもう一人いたな？」

「へい、風花《ふうか》もいい女で、一人に決めるのは困るな」

「鶏太、江戸は女が少ないんだ。おまえだけ三人も独り占めはできないよ」

「姐さん……」

「ご用聞きになりたかったら一人に決めるんだね」

「困るよ姐さん……」

「馬鹿なんだから、ご用聞きになって親分と呼ばれたくないのかい？」

「三人は駄目か？」

「そんなことできるのはお大名だけでしょ？」

お千代が益蔵を着替えさせながら言う。鶏太はいい男だからこれからも女を泣かせるだろう。すでに小紫と小笹に風花と少々もて過ぎなのだ。だが、鶏太の懐具合はお千代次第でもある。

「てめえ、女房を三人も持てる身分かッ？」

遂《つい》に、益蔵の拳骨《げんこつ》が鶏太の頭に炸裂《さくれつ》した。

「痛てッ……」

「馬鹿なことを言うから親分に叱られたじゃないか……」

「姐さん……」

「決められないなら籤引《くじび》きで決めればいいじゃないか？」

お千代が小笹と小紫と風花の中から一人を籤引きで決めろと言う。

鶏太はやさしい男だから女に好かれるのだ。お千代は鶏太なら女房を三人持ってもやっていけそうな気がする。

「籤引きを考えておくんだよ」

「うん……」

お千代に見送られて益蔵と鶏太が一座の小屋に向かった。

毎晩、ご用聞きが交代で見世物小屋を見張っている。誰もが小五郎の小屋を見張ったのもこんな塩梅《あんばい》だったと思い出す。時々、幾松と寅吉が手伝いに来た。遠く品川宿から三五郎が駆けつけることもある。

北町奉行所が総がかりで松之丞一味を追っているのだが状況は良くない。

「鬼七、変わりないか？」

「平太と女が帰って来てからまったく動きがない」

「そうか、代わるから帰って寝ろ、留吉は裏口か？」

「もう寝ていると思う」

「鶏太、留吉と変わってやれ……」

「へい……」

鶏太は小屋の中にお島がいると思うと忍び込みたくなる。

「お島はいい女だから女房にするか、だが風花もいい女だな。小笹が怒るだろうな……」

ブツブツ言いながら小屋の裏手に回って行った。

藪《やぶ》の中から寝息がする。

「留吉……」

鶏太に肩を揺すられて目を覚ました。

「兄い……」

「交代だ。帰って寝ろ！」

「うん……」

留吉がよろっと立ち上がった。その時、小屋の裏口の筵を押して人影が出てきた。鶏太が留吉の袖《そで》を引いて藪に身を潜める。

「誰か出てきたぞ。あいつを追って行くことにする」

「はいッ、親分には？」

「それは後だ。早くしないと見失うぞ」

鶏太と留吉が藪から出ると人影を追い始める。鶏太は遂に動いたと思った。二人は暗がりを選んで男を追った。男がどこに向かうのか見逃さないように慎重に追うしかない。

ところが二人が小屋の裏口から消えたのでちょっとした騒ぎになった。

益蔵や鬼七が慌《あわ》ててあちこちを探したが二人はいない。何か急なことが起きて持ち場を離れたと思うしかない。鶏太と留吉の二人が消えたのだから誰かを追って行ったのか、見張りが見つかって小屋に引きずり込まれたかだ。

もし、小屋に引きずり込まれたのなら夜のうちに騒ぎになっているはずだ。

夜が明けると小屋の付近に倒れていないか探し回ったが、争った跡もなく二人がどこに行ったのかわからない。

益蔵は密《ひそ》かに誰かを追って行ったと思う。

こういうときは慌てずに二人からの繫ぎを待つしかないのだ。

その頃、鶏太と留吉は小屋から出てきた男を追って、日本橋から東海道を西に急いでいた。つかず離れずの慎重な尾行だ。鶏太は松之丞と連絡を取るために小屋の男が動いたと感じている。

決して見逃すことはできない。

朝になって小屋の見張りを幾松と彦一に任せると、益蔵は奉行所に急いだ。

寝ていない鬼七は留吉のことを心配しながら家に帰って横になった。どこに行ったのかを考えるとなかなか眠れない。

怪しい者を見つけて追って行ったのだろうと想像できる。

益蔵は半左衛門に会って、鶏太がお昌の逢引茶屋で小紫から聞いたことを話した。

「一座が三組に分かれたというのか？」

「そのようでございます」

「浅草の一座と松之丞と宗次郎ということだな？」

「はい……」

半左衛門は厄介なことになったと思うが、松之丞一座の全貌が浮かび上がってきたように思う。正体がはっきりしてきたことは望ましいが、その動きがまったくわからないのでは手の打ちようがない。

八丁堀に現れた二人の浪人の顔はお順が見ているがそれだけだ。

これまでの作戦を変更しなければならないのではと半左衛門が思った。浅草の一座は見張られているが、松之丞と宗次郎は野放しのままで手掛かりがないのだ。北町奉行所の関係者が三人も殺され、筆頭与力の半左衛門は腹を切る覚悟なのだ。

益蔵の話には重要なことが含まれている。

敵が本格的に動き出したら奉行所が後手を踏む可能性が高い。益蔵が帰ると半左衛門は勘兵衛の部屋に向かった。

この時、勘兵衛は登城の支度をしていた。

「半左衛門、朝から冴《さ》えない顔だな？」

「お奉行……」

「松之丞のことで何か新しいことがわかったか？」

「はい、浅草の一座の女から聞き出したそうなのですが、松之丞には宗次郎という相棒がいて、二人は別々に動いているようだということです」

「それは松之丞一味が三つに分かれているということか?」

「はい、一座と別行動をしている松之丞たちは八人だということです」

「八人か……」

「松之丞は七化けだということです」

「七化け?」

勘兵衛は裃《かみしも》姿でお澄の茶を飲んで考え込んだ。

何んとも厄介なことになってきたと思う。小五郎の実子だという松之丞の狡猾《こうかつ》さが見えてきた矢先だ。

半左衛門の話を聞いて勘兵衛は松之丞が考えそうなことにフッと思い当たった。

「半左衛門、松之丞は暗殺組と盗賊組に分けたと思えないか?」

「暗殺組?」

「うむ、人数を少なくした方が動きやすい。今、動いているのは暗殺組だ。おそらく三、四人だろう……」

「するといずれ盗賊組が動き出す?」

「遠からずに……」

「おのれ、松之丞め！」

「それに、女があまり顔を見ない浪人がいると言ったそうだが、おそらくその男は相当な使い手かもしれない。藤九郎にそう伝えておいた方がいいだろう」

「はッ！」

「女が一座から逃げたいということだが、その女を匿うように六之助に伝えておくように……」

「畏まりました」

「おそらく警戒が厳しくなって暗殺組はこれまでのようには動けないだろう。問題はこれから動き出すだろう盗賊組だ。なにか手掛かりが欲しいが、取り敢《あ》えず夜回りを厳重にしてもらいたい」

「はい！」

この勘兵衛の勘は当たっていた。

松之丞は浪人たち二人と関隼人正の三人を率いて暗殺を実行したのだ。隼人正は川崎宿に長逗留《とうりゅう》して酒と女の日々を暮らしている。それでも松之丞は隼人正に江戸に出て来いとは言わない。

もう一組の宗次郎は子分三人を率いて襲う店を探していた。

松之丞と宗次郎は時々品川宿で会っている。二人だけの秘密の逢引だった。そこで互いの動きを確認している。

「三人か……」

「うむ、もう二人ぐらいやりたい」

「危ないぞ。北町奉行は鬼というそうだからな」

「それが気に入らねえ……」

「無理は禁物《きんもつ》だぜ」

「わかっている」

二人が会うとそんな話になった。

勘兵衛がいつものように三十人の行列で城に向かった。

その頃、浅草から男を追っている鶏太と留吉は、品川宿を通り過ぎ六郷橋《ろくごうばし》にさしかかっていた。

「江戸を出るつもりか？」

「鶏太さん、まだ追いますか？」

「当たり前だ。あの野郎がどこに行くか突きとめないで帰れるか！」

「はい！」

二人が六郷橋を渡って行くと半町ほど先を歩いていた男を見失った。

「しまったッ！」

「消えちゃった？」

眠くて仕方のない留吉が間抜けな口調で言う。

「あの辺りの百姓家に入ったのか？」

二人が男の消えたあたりまで走って行くと、道端に三人の男が現れて道を塞いだ。

「おれに何んの用だ！」

「留吉ッ、逃げろッ！」

反射的に留吉が来た道を引き返して逃げた。留吉も足は速い。一目散《いちもくさん》に六郷橋まで戻った。

「やっちまえッ！」

「おうッ！」

三人が懐から匕首《あいくち》を抜いた。鶏太が三方を囲まれる。留吉が逃げたことを確認すると懐の小石を握った。万一の時を考え、足の速い鶏太は逃げる隙《すき》を作るため、いつも懐に小石を二つ三つ入れている。

　その小石を逃げ道を塞いでいる男に投げつけた。

　ビシッと男の顔に命中して道端の藪に男がひっくり返った。その瞬間、俊足の鶏太が走った。

「この野郎ッ！」

　男二人が鶏太を追ったが半町も追わないであきらめた。

　鶏太の足の速さは尋常ではないのだ。たちまち三町（約三二七メートル）ほどを走って先に逃げた留吉に追いついた。

　立ち止まって振り返る。

「鶏太さん、気づかれていたんだ？」

「うむ、奴らも警戒しているということだな。隠れ家がこの辺りにあるんじゃねえか？」

「はい、そう思います」

「探すか？」

「顔を見られたんだけど、大丈夫でしょうか？」

「大丈夫じゃねえ……」

敵に感づかれたのが悔しいのか、鶏太は怒った顔で留吉をにらむ。

「おめえ、怖いのか？」

「はい、捕まったら殺されると思いますから……」

「意気地がねえな？」

「姉ちゃんに危ないことはするなと言われていますので……」

留吉の姉は豆観音のお国だ。

鬼七の子分にする時、危ないことはしないと留吉は姉と約束した。

「そうか、おめえ、品川宿まで戻って、寿々屋《すずや》の三五郎親分と久六《きゆうろく》さんにこのことを知らせてくれ、おれはここにいる。急いで行け！」

「はい！」

留吉は寿々屋と聞いて急に元気が出た。男を追って品川宿に入った時、チラッと寿々屋を見たのだがお勢の姿は見えなかった。留吉を男にしてくれたお勢に未練が残っている。強引に留吉の最初の女になってしまったお勢を大好きになってしまった。

もうずいぶんお勢とは会っていない。

六郷橋を渡って留吉は品川宿まで一目散に走った。

息を切らして寿々屋に飛び込んだが三五郎も久六もいなかった。

「親分と久六はお奉行所だから夕方には戻るはず、急ぐ用事みたいだけど上がって一休みすれば……」

忙しい小春がそう言ったところにお勢が顔を出した。

「あら、留吉さん？」

「お勢さん……」

「お勢、留吉さんは親分に用なんだけど留守だから、戻るまで何か食べさせて休ませてあげてね……」

「はーい！」

お勢が留吉を見てニッと笑う。

「上がりなさいよ」

「うん……」

「食べる？」

「昨日から寝ていないんだ。横になりたい」

留吉は腹も減っているがまず寝たい。ひと眠りすると生き返ると思う。

「いいよ、おいで……」

年上のお勢は留吉を弟のように扱い自分の小部屋に連れて行った。

「寝ちゃいな」

「うん……」

留吉はバタンと倒れるとクーッと寝てしまった。このところ見世物小屋の見張りで留吉は疲れ切っている。まともに布団にくるまって寝ていない。仮眠の連続で立ったまま寝ることさえあった。

「可愛いんだから……」

睡魔に襲われ無防備な留吉にお勢が襲いかかった。

夕方になると猛烈に忙しくなるお勢だ。そんな間隙《かんげき》に飛び込んできた留吉が餌《え》食《じき》になるのは当然だった。留吉が強引なお勢に眠りから起こされると、素っ裸にされて裸のお勢に抱きしめられている。

「お勢さん……」

「留吉さん……」

まだ幼い二人は抱き合って夢中になった。

相思相愛の二人は品川と浅草に離れていて自由に会うことができない。

このような偶然の出会いしか二人には許されないのだ。顔を見ると二人の気持ちがたちまち燃え上がる。兎《と》に角《かく》どうでもいいから抱き合うことが先なのだ。

目覚めた留吉は寝ぼけているがお勢に覆いかぶさって行った。

四半刻もすると留吉がお勢から転げ落ちて、お勢を放り投げ裸のままクーッと寝てしまう。

「留吉さん、まだなのに……」

お勢が不満な顔で揺り起こそうとするが、気を失ったように留吉は目を覚まさなかった。

「馬鹿、勝手なんだから……」

実は、勝手なのは留吉を裸にした強引なお勢の方なのだ。ゴロンと寝返りを打って留吉がお勢に抱きついた。だが、目を覚ますことはなかった。

「仕方ないな」

お勢が留吉を抱きしめる。

第十五章　投げ文《ぶみ》

半左衛門は勘兵衛の命令を与力と同心に伝達、浅草の一座の見張りと八丁堀の見廻りをより厳重にさせ、市中見廻りに書き役などの同心も回したのだが誰もが疲れ切っていた。

与力や同心は血眼《ちまなこ》になって松之丞を探している。

森源左衛門とお町が斬られ、奉行所の門番まで斬られたことで、かってないほど与力と同心は緊張していた。北町奉行所を家康が創設してから最大の危機とも言えた。奉行の勘兵衛の本当の力が試されるのだ。

ところがこの事件は長引いている。

半左衛門は使いを出して神田明神の平三郎、神田のお香、上野の直助と七郎、浅草の正蔵と定吉、鬼屋の長五郎《ちょうごろう》と万蔵《まんぞう》など、奉行所に協力的な人たちを呼び集めた。兎に角、総がかりで松之丞を捕まえるしかない。

半左衛門は手詰まりになっていた。

このまま手をこまねいて松之丞たちの凶行を許すわけにはいかない。

何んとしても松之丞一味を仕留めたい。これ以上勝手な真似をされては奉行所の信頼が地に落ちるだけでなく、その前に半左衛門は責任を取って腹を切らなければならないのだ。

夕刻になって砂利敷に続々と直助や平三郎たちが集まってきた。

奉行所からも吟味役の秋本彦三郎、沢村六兵衛《さわむらろくべえ》、野田庄次郎《のだしょうじろう》、書き役の岡本作左衛門、牢屋敷見廻の赤城登之助《ろうあかぎのぼりのすけ》などまでかり出された。集まった誰もが事件のことは知っていた。

「みんなも知っての通り北町奉行所がかつてない事件を抱えている。先日、京まで追って一網打尽にした小五郎の息子が仕返しをするため江戸に現れた」

半左衛門は追い詰められている。

「その男は七化けの松之丞とその愛人の宗次郎という男だ」

半左衛門が苦々しく言う。

「この二人は同心を斬った暗殺組と、これから仕事をするだろうと思われる盗賊組を率いているようだ。浅草の一座は囮とみられ既に見張られているが、ほかの二つの組の行方がわからない。手掛かりもないのだ」

三人も斬られて何の手掛かりもない。半左衛門は怒りで腹が膨れている。

「お奉行はそろそろ盗賊組が動き出すころだと言われる。ここにきて仕事をさせることはできない。何んとかして仕事をする前に捕らえたい。力を貸してもらいたいので集まってもらった」

半左衛門が平三郎たちに頭を下げた。

「長野さま、そのようなことはしないでおくんなさい」

一番年かさの直助が言う。

「松之丞とは上方の盗賊だそうで？」

「そうだ。詳しいことは平三郎が知っている。吟味方の秋本殿も頼むぞ！」

「承知！」

与力の秋本彦三郎にみんなをまとめるよう半左衛門が命じた。北町奉行所の総力をあげて松之丞一味を捕らえなければならない。松之丞の仕事は父親の小五郎と同じように凶悪なみな殺しだろう。

それだけは何んとしても阻止《そし》しなければならないのだ。

鬼屋万蔵が若い衆十人を夜回りに出し、浅草の二代目も夜回りに若い衆十人を出すことになった。松之丞一味には血に飢《う》えた殺人鬼の浪人がいて危険な仕事になる。だが、鬼屋の若い衆も二代目の若い衆も荒くれ男たちだ。飯より喧嘩《けんか》の好きな血の気の多い若者たちが選ばれる。

その頃、六郷橋を渡って男を追って行ったが、追跡を悟られ危うく殺されそうになった鶏太が、暗くなっても戻ってこない留吉をいらいらしながら待っていた。そこに留吉が三五郎と久六を連れて現れた。

「親分、遅くなっちまって！」

「おう鶏太、奉行所に行っていたもんで遅くなった。留吉から聞いたが浅草の小屋から出てきた怪しい奴らだそうだな？」

「三五郎の親分、ドジなことで面目ねえ、尾行がばれちまっていたのだ」

「うむ、それも留吉に聞いた。だが、浅草からここまで見失わずによく追ってきた。敵はわしらより警戒している。おそらくこの辺りに隠れ家があるのだろう」

「へい、一軒一軒当たるしかないと思うんですが？」

「そうだな。目立たない村はずれの灯りがついている家が怪しい。酒でも飲んでいればすぐわかるんだが？」

「それじゃ、おれと留吉は道の左側を当たってみますんで……」

「うむ、気をつけろ！」

三五郎は鶏太と留吉が三人の顔を見たことが重要だと思う。浪人の顔を見たお順に続いて五人の顔がわかったことになる。だが、四人は一晩中探し回ったが怪しい家を探すことはできなかった。

浅草から追われたことで警戒していると鶏太は思う。

「一旦、甘酒ろくごうまで引いて見張ることにしよう。この辺りをウロウロしていては敵が警戒するだけだ」

三五郎は奉行所に援軍を出してもらおうと考えていた。

間違いなくこの付近に隠れ家があるに違いないと思う。鶏太と留吉の話から、奉行所で半左衛門から聞いた盗賊組の方だと思った。ということは敵はまだ江戸に入らずにいる。警戒している松之丞一味の尻尾をようやくつかんだのかもしれない。

この連中が江戸に入ってきた時に仕事をするのだろうと思う。

暗いうちに橋を渡って甘酒ろくごうに戻ると、三五郎は自分で奉行所まで行こうと考えた。ようやくつかんだ尻尾をなんとか手繰《たぐ》り寄せたい。仕事をする時が近いのかもしれないと思う。

「鶏太と留吉は三人の顔を見たのだからここで見張れ、久六、お前は奴らに顔を見られていないから、もう一度あの辺りの怪しい家を見て回れ、気をつけるんだぞ！」

「へい！」

「これから奉行所に行って援軍を頼んでくる。四人だけではどうにもならんからな」

「親分、浅草の益蔵親分に二人が無事だと伝えてもらいてえ……」

「おう、そうだな。わかった」

まだ暗い東海道を三五郎は品川宿まで戻って、顔なじみの駕籠屋《かごや》に飛び込み、ご用の筋だから北町奉行所まで走ってくれと頼んだ。

早立ちの客を乗せる駕籠が店の前で支度を始めている。

「親分、ご用の筋とは朝から大変だね！」

「急ぐんだ！」

「よしッ、早駕籠《はやかご》にしやす」

早駕籠仕立ては前棒二人、後棒二人で一人が紐《ひも》で前棒を引っ張る。足自慢の五人が揃って夜明けの東海道を日本橋に向かった。三五郎は御用聞きの勘で勝負の時が迫っているとわかる。

三五郎は舌を嚙《か》まないように布を丸めて嚙んでいる。

早駕籠は転げ落ちないように乗っている方もたいへんだ。だが速い。品川から奉行所まで二里（約八キロ）あまりの道を、半刻あまりで駆け抜ける脚力を見せた。三五郎がこいつらは化け物か烏天狗《からすてんぐ》かと思うほど速かった。

「ご免よ。早駕籠だ！」

奉行所に駆け込むと三五郎は駕籠から転がり出て、砂利敷に這《は》うように転がり込むと半左衛門が出てきた。

「三五郎ッ！」

「長野の旦那ッ、敵の尻尾をつかんだかもしれねえッ！」

「誰かッ、水を持ってこいッ！」

早朝から奉行所が騒ぎになった。半左衛門が公事場《くじば》から砂利敷に下りてきた。

「三五郎ッ、敵の尻尾とは何んだッ！」

「と、盗賊組かもしれねえんです」

「なんだとッ！」

「親分、水だッ！」

「すまねえ……」

三五郎がゴクゴクと水を飲んで少し落ち着いた。

「盗賊組を見つけたのかッ？」

「そうなんで、旦那……」

「ちょっと待て、お奉行を呼んでまいるッ、少々休め！」

半左衛門が奥に消えるとすぐ勘兵衛と公事場に戻ってきた。

「三五郎、どこで見つけた！」

「六郷橋の向こうでございます。益蔵親分の子分の鶏太と、鬼七親分の子分の留吉が、浅草の小屋を見張っていて、真夜中に小屋から出てきた男を二人で追ったそうにございます」

「うむ、それで……」

「六郷橋を渡って右に折れ、二、三町行ったあたりで三人の男に囲まれたそうで、尾行がばれていたようですが二人はうまいこと逃げました」

「怪我《けが》もないのだな？」

「はい、留吉があっしと久六を呼びに来ましたので、駆けつけて一晩中探したのですが敵の隠れ家が見つかりません。あの辺りにあるはずなんですが、尾行されたので警戒して息を潜めているものと思います」

「それだ。間違いなかろう。援軍だな？」

「はい、四人ではどうにもなりませんので……」

「よし、よくやった。おそらく松之丞の一味に間違いなかろう。半左衛門、すぐ六郷橋の甘酒ろくごうを拠点に援軍を出して探索だ。品川宿に後詰を出せ！」

「はッ、すぐいたします」

半左衛門が同心部屋に向かった。

「三五郎、鶏太と留吉に無理をさせるな。特に留吉はまだ子どもだ。いいな？」

「はい！」

「与力、同心が寿々屋を使うことになる。小春に世話をかけるが……」

「勿体《もったい》ないお言葉にございます」

勘兵衛は奉行所の手先として働いているご用聞きたちを大切にしている。

このご用聞きがやがて定着し、江戸の人口が百万人と大きくなる百年後には、ご用聞きこと岡《おか》っ引《ぴ》きが五百人、その配下の下《した》っ引《ぴ》きが三千人ということになる。そのご用聞きは目明しなどとも呼ばれ、将軍吉宗の頃になって整備され、目明しの身分を証明する十手《じって》というものが定着する。

「お奉行さま、先に戻ってみなさまを品川宿でお待ちいたします」

「うむ、同心たちがすぐ後を追う」

「はいッ！」

三五郎は奉行所を出ると待たせておいた早駕籠に乗って品川宿に向かった。

半左衛門は青田孫四郎を大将に松野喜平次、本宮長兵衛、木村惣兵衛、池田三郎太《いけださぶろうた》の四人の同心を選んだ。取り敢えず早急に品川宿から六郷橋まで抑える必要がある。鶏太と留吉がつかんだ悪党の尻尾だ。

五人は支度を整えると品川宿に急いだ。

凶悪な松之丞一味の尻尾をつかんだのは初めてである。半左衛門は何んとしても盗賊組と思える一味を捕まえたい。

江戸府内で仕事をされてからでは手遅れだ。

半左衛門は尻尾を手繰り寄せて捕らえるのが先か、奴らが仕事をするのが先か、どっちが早いか事態が緊迫してきていると感じる。半左衛門はようやく松之丞と相対の勝負に持ち込んだと思う。

外道の松之丞に何んとしても負けるわけにはいかない。

五人に続いて半左衛門は平三郎を呼び、彦一と卯吉をつけて品川宿に向かわせた。何がなんでも先手を打って松之丞一味を捕らえたい。三人も殺された半左衛門の怒りは破裂しそうなほどだ。

勘兵衛の心痛もわかるだけに少し焦っている。

その頃、宗次郎の動きが早く、尾行されたことを知ると四人の子分を連れて、隠れ家を出て見張りがいないのを確かめ密かに西に逃げた。

その日の夕刻、青田孫四郎たちが隠れ家を発見して包囲したが、既に、その百姓家はもぬけの殻《から》で一味の影も形もなかった。一瞬の油断が宗次郎たちに逃げられた。人気のない家に孫四郎と長兵衛が踏み込んだ。

「くそッ、逃げたか……」

「この様子だと逃げたのは今朝《けさ》のようだな？」

孫四郎が悔しそうに言う。

「はい、わずかだが囲炉裏《いろり》の灰が温かい。奴らは間違いなくここにいたのです」

「どこに逃げたと思う？」

「この様子だと人数は四、五人、そのうちの三人が顔を見られていますから、江戸に入ったとは思えないのですが？」

「ということは保土ヶ谷《ほどがや》方面か？」

「はい、奴らの顔を見た鶏太と留吉が甘酒ろくごうで見張り、久六がこの辺りを徘徊《はいかい》していたのですから、さすがに江戸に行くのは……」

「なるほど、西へ追うか？」

「奴らの顔を見た鶏太と留吉を連れて追います。そう遠くまで逃げているとは思えませんので……」

「よし！」

二人が百姓家から出た。

「喜平次と惣兵衛、三五郎と鶏太の四人は、長兵衛と一緒にここから逃げた一味を追ってくれ、江戸に入るのを狙っているはずだからそう遠くには逃げていないはずだ！」

孫四郎は一味を江戸に入れたくない。

江戸で仕事をしたい一味が藤沢《ふじさわ》宿や平塚《ひらつかしゆく》宿まで逃げたとは考えにくい、遠くても戸塚《とつかしゆく》宿あたりまでだろうと思う。顔を見られたからといって仕事をあきらめて京に戻るとも思えない。何がなんでも奉行所の警戒網を突破してくるはずだ。

東海道を塞がれたとわかればどこへ回るか。

長兵衛たち五人が川崎宿に向かうと孫四郎は平三郎と話し込んだ。

「留吉から三人の特徴を聞き取って、甘酒ろくごうで見張ってもらいたいが……」

「承知しました」

「寿々屋にいます。何かあった時には知らせてもらいたい」

孫四郎は池田三郎太を連れて品川宿に向かい、平三郎は彦一と卯吉、久六と留吉の四人を連れて甘酒ろくごうで街道を見張ることになった。

その時、孫四郎はフッと逃げた一味がまだ東海道上にいるのかと思った。

鶏太が一人で留吉の帰りを待っている時に、宗次郎一味は隠れ家を飛び出して逃げていたのだ。

孫四郎は逃げられたのは仕方ないと思う。

むしろ浅草から六郷橋までよく追ってきた。顔を見られた一味が逃げないでいることの方がおかしいので、敵の素早い動きは何も不思議なことではない。

問題は一味がどこにいるかだ。

追われていると知ってこの先どう動くかということだ。

孫四郎は寿々屋に戻ってくると池田三郎太を奉行所に向かわせた。

「隠れ家に踏み込んだが一味が逃げた後だったことを伝え、その後を追っていると長野さまに伝えてくれ、一味が江戸に入らないように手配をしたとも……」

「はい！」

「それに馬二頭を引いてきてくれ……」

「承知しました」

三郎太が寿々屋を飛び出して行くと少し横になった。孫四郎は平三郎と二人で敵の前に出ようとしていた。馬であれば今夜中に藤沢宿あたりまで行ける。

逃げた一味はまだ東海道上にいると信じたいのだが。

その頃、長兵衛たちは保土ヶ谷宿の旅籠《はたご》を調べていた。

この宿場からは鎌倉にも八王子にも大山《おおやま》にも出られる道が分岐している。長兵衛たちはその脇道に入った可能性も調べたが、そのような男たちを見た者はいなかった。どこへ行ったのだと長兵衛は考える。

鎌倉かそれとも八王子方面なのか。それともどこかに隠れて動かないのか。用心深い盗賊だと万一の時を考え他に隠れ家を作ることもある。川崎宿から保土ヶ谷宿までは三里半（約一四キロ）あまり、逃げている者たちには近過ぎると思えた。次の戸塚宿なら川崎宿から六里（約二四キロ）ほどだが、江戸までは十里（約四〇キロ）を越えて遠くなる。

長兵衛と喜平次と惣兵衛の三人はその戸塚宿も調べようとしていた。この戸塚宿からも鎌倉や大山に行く道が分岐している。逃げた盗賊を探し出すのは容易なことではない。追う方も必死なら逃げる方はそれ以上に必死になる。

剣客の長兵衛は一味がすぐ近くにいると思う。

五人は手分けして保土ヶ谷宿から戸塚宿まで足を延ばした。

奉行所から馬を引いて池田三郎太と大場雪之丞が来ると、平三郎たちのいる甘酒ろくごうまで来て、孫四郎は平三郎と六郷橋を渡って西に向かった。

既に、日は暮れて道は暗い。

星明かりに白く乾いた道が伸びている。宿場以外では灯りのついている家は少ない。平三郎が武家で乗馬が得意なことを孫四郎は知っていた。二騎は夜の東海道を西に急いだ。

「今夜中に藤沢宿まで行けば、奴らの前に出られると思うが？」

「脇道に入っていなければそのあたりで追いつくはずです。夜も歩いてその先まで行くこともあるかとも思いますが？」

「平塚？」

「はい……」

「それでは急がないとならん！」

馬上の二人が馬腹を蹴った。

馬は走らせると十町（約一・一キロメートル）ほどで走らなくなる。だが、速足で行くと二、三里は楽に走ることができる。そこで馬を止めて休息を取り再び速足で行く。

それが上手な馬の乗り方だ。一気に走らせると馬はすぐ走れなくなる。

二人は無理に急ぐことなく休みを取りながら西に向かった。

長兵衛たちは戸塚宿から二里足らずで藤沢宿に行けるため、旅籠に上がらず夜も五人で東海道を急いでいた。

この数日まともに寝ていない鶏太はフラフラになっている。

必死で歩きながらも寝てしまい、道端に倒れ込みそうになっていたが、気力を振り絞《しぼ》って立っていた。

若くなければ死んでしまいそうな過酷な探索になっている。

奉行所の同心森源左衛門と与力の妻お町が斬られ、それに門番まで斬り殺されていることを考えれば眠いとも言っていられない。

休息すると鶏太は道端に転がって少しでも寝ようとする。

歩きに歩いて翌日の明け方に、長兵衛たちがようやく藤沢宿の入り口にたどり着いたが、道端にへたり込んでしまいそうだ。人は寝ないという過酷さには耐えられないのである。

その後ろから青田孫四郎と平三郎の馬が追いついてきた。

「青田の旦那ッ！」

長兵衛たちから一町ほど遅れて歩いている三五郎と鶏太が立ち止まった。

「長兵衛は前か？」

「はい！」

「早立ちの旅人が出立するぞッ、藤沢宿の向こうまで走れッ、待ち伏せするぞッ！」

「へいッ！」

三五郎と鶏太がヨロヨロと走り出した。

藤沢宿は徳川将軍の宿泊する藤沢御殿がある大きな宿場だ。孫四郎と平三郎が宿場の中で長兵衛たちを追い越した。

「宿場外れで待っている。急げッ！」

平三郎の馬の傍を足の速い鶏太が走っていたが、さすがにその足取りはふらついている。それでも三五郎は置き去りにされた。

孫四郎は藤沢宿の外れまで行くと馬を下りた。

盗賊一味がこの先まで行ったとは考えにくいのだ。必ず戸塚宿か藤沢宿にいるはずだと思う。

平三郎も馬から下りて藪に馬を隠し、続々と走ってくる長兵衛たちを待った。

「鶏太、お前を襲った三人の顔を覚えているな？」

「はい、忘れるもんじゃありません」

「これから早立ちの旅人が来る。笠《かさ》を被《かぶ》ってくるだろうから見逃すな」

「承知しました」

「長兵衛と喜平次は向こう側に隠れて逃げ道を塞げ！」

道端で挟み撃ちにする作戦だ。

「最初の旅人が来るぞッ、三人だッ、隠れろッ！」

小走りの三人がぐんぐん近づいてくる。笠を被って顔を隠そうとしている。その三人が通り過ぎようとする前に鶏太が飛び出した。

「御用だッ、神妙にしろッ！」

「野郎ッ！」

三人がいきなり懐の匕首を抜いた。そこに孫四郎と惣兵衛と平三郎が飛び出して行った。

「待ち伏せだぞッ！」

「逃げろッ！」

まさかの待ち伏せに盗賊の三人が引き返そうとしたが、そこに長兵衛と喜平次と三五郎が飛び出してきた。

「おい、逃げられねえぜ！」

長兵衛と喜平次が刀を抜いた。この時、三人より一町半（約一六三メートル）ほど離れたところで、宗次郎が立ち止まって見ていたが素早く姿を消した。

旅人が一人二人と立ち止まって早朝の捕り物を見ている。

「長兵衛ッ、斬るなッ！」

孫四郎が三人を捕縛するよう命じた。

森源左衛門など三人も殺され、怒っている長兵衛は斬るつもりだったが、刀を峰《みね》に返して三人をグイグイと追い詰めて行った。

匕首の三人は長兵衛一人に峰打ちにされて次々と道端に転がる。

この三人は鶏太を襲った三人で、逃げた宗次郎の顔を鶏太は知らない。盗賊が三人とは少ないと思って、孫四郎が三人に聞いたが誰も答えない。三人とも悪党らしいなかなかの面構えだ。

「答えないところを見ると逃げた者がいるな？」

そう決めつけて三五郎と鶏太に縛り上げるよう命じる。

「引き上げだ。おそらく逃げた者がいるはずだ。こ奴らを取り返しに現れるかもしれないから周囲に気を配れ！」

歩きたがらない三人を追い立てながら孫四郎一行が江戸に向かった。

疲れ切っている鶏太が渋る三人を蹴飛ばし、歩かないと細竹で三人の手足を叩いて追い立てる。

「この悪党が、観念してさっさと歩きやがれ！」

寝ていないから三五郎も鶏太も殺気立っている。

孫四郎一行の誰もが、この松之丞一味の外道たちに怒りを持っていた。

奉行所の同心が殺されることなどかってない事件だ。歩かない三人を馬に引かせギリギリ追い立てながら、途中の神奈川宿で一泊して奉行所に戻ってきた。松之丞一味を三人だけだが捕縛できたことは大きな収穫だ。

既に夜だったが、秋本彦三郎の容赦ない拷問が始まった。

彦三郎の拷問は凄《すさ》まじい。

百二十年ほど後の寛保《かんぽう》二年（一七四二）の公事方《くじかた》御定書《おさだめがき》によって拷問は、笞打《むちうち》、石抱《いしだ》き、海老責《えびぜめ》、釣責《つるしぜめ》の四つと定められる。それまでの拷問は、彦三郎の得意な駿河問状《するがもんじょう》、木馬責、石抱き、水責、塩責など容赦ないものだった。

彦三郎の拷問を耐えぬいた者は一人もいない。

三人は昼夜を分かたず、死なない程度に責め続けられた。

その拷問に耐えられず、三人は次々と悪事を白状し、松之丞一味の全貌と正体が明らかになる。彦三郎の駿河問状の効き目は抜群なのだ。

藤沢宿から逃げたのが真菰の宗次郎という松之丞の愛人であること、頭の加茂の松之丞はどこにいるかわからないが、浪人を三人率いて既に江戸に入っているだろうことが判明した。

浅草に小屋をかけている一座は、ただの囮で松之丞たちのことは何も知らないことなどがわかった。浪人の名も関隼人正、尾崎馬太郎、岡田昌次郎の三人だが、隼人正は凄腕の剣客でどこにいるかわからないということだ。

三人は知っていることをすべて白状、あまりの拷問の凄まじさに怯えて、牢屋の奥の暗い羽目板に貼りついて震えている。名前を呼ばれるとビクッと驚いて床に這いつくばる怯えようだ。

「ご、ご勘弁を……」

「出ろッ！」

「お、お許しを……」

「痛い目に遭いたいかッ！」

牢番に怒鳴られて牢の出入り口まで這ってくる。彦三郎の前に引き出されると、石畳にうずくまって「もう白状することはありませんので……」と、両手を合わせて彦三郎を拝んで懇願する。

「白状することがあるかないかは、その体に聞いてわしが決めることだ！」

「なんでも話します。お許しを……」

彦三郎は三人に仕事のすべてを白状させた。

浪人三人のことはすぐ藤九郎と倉田甚四郎たちに知らされる。三人が捕まっても夜の見廻りは続けられた。

そんなある日の夕刻、遂に尾崎馬太郎と岡田昌次郎が八丁堀に現れた。

三人が捕縛されたことを知って出てきたのだ。

藤沢宿から逃げた宗次郎は品川宿で松之丞と会って、三人が捕まったことを松之丞に伝えたのだ。

「おのれッ、北町の役人らを殺す！」

松之丞が怒り狂った。

「殺しは慎重にな。おれは浅草の一座を見てくるから……」

「小紫のことか？」

「ああ、こうなったんじゃ一座は終《しま》いにして江戸から出した方がいいんじゃねえか？」

「そうだな、お前さん、一座に行って大丈夫か？」

「おれは顔を見られていねえから大丈夫だ。客として表から入るさ……」

「わかった」

小紫は宗次郎の娘なのだ。

それは松之丞だけが知っていて、あちこちの一座で育てられた小紫本人も父親が誰なのか知らない。母親は小紫を産んで間もなく死んだ。

「もう一人二人、役人を斬ったらおれも江戸を出る。箱根《はこね》の湯で会おう……」

「承知した」

その松之丞が馬太郎と昌次郎に「もう二人ばかり斬ってくれ！」と頼んだ。

松之丞と宗次郎が相談して、この仕事を投げて京へ戻ることにしたのだ。三人が捕まっては致し方ないとあきらめるしかない。松之丞が怒り狂っても宗次郎は冷静に成り行きを考えている。

それから数日後のこと尾崎と岡田の二人は八丁堀に来て驚いた。ひっそりとして人影がない。腕自慢の二人は奉行所の役人をなめ切っている。

「おれたちを恐れて誰もいねえな？」

「仕方ない。そのあたりで誰かを斬ろうか？」

「そうだな……」

二人が中ノ橋まできた時、物陰から藤九郎が現れた。

「馬太郎はどっちだ！」

「なにッ！」

不意を突かれた昌次郎がいきなり刀を抜いて上段から藤九郎に襲いかかった。後の先をとると藤九郎の刀が鞘走《さやばし》って、横一文字に岡田昌次郎の胴を貫き斬っている。神夢想流秘剣水月の大技である。居合は不意の攻撃に対処する技なのだ。藤九郎ほどの腕になると後れを取ることはまずない。

場に臨んでの当意即妙《とういそくみよう》こそ居合の命だ。

ところが卑怯《ひきよう》にも昌次郎が倒れる前に馬太郎は素早く逃げた。それを倉田甚四郎が追う。血振りをして刀を鞘に戻すと藤九郎も走った。

藤九郎はすぐ甚四郎を見失った。

柳生新陰流の剣客である甚四郎が斬られる心配はないが、夢中で追いかけると何が起きるかわからないとも思う。妻を斬られた甚四郎の怒りが藤九郎にはわかる。

二人は数日、一緒に行動してお町を斬った者が現れるのを粘り強く待ったのだ。

藤九郎はあちこち探し回った。

四半刻ほどすると薄暗くなった道を、肩を落として倉田甚四郎が戻ってきた。

「駄目だったか？」

「逃げ足の速い奴だ……」

甚四郎は足の速い方ではない。

「もう、ここには現れないかもしれないな……」

「顔を見たんだ。お奉行にお願いして上方に追うか？」

藤九郎は甚四郎の悔しい気持ちを理解した。自分の手で斬りたかったはずなのだ。咄嗟《とっさ》のことで藤九郎が岡田昌次郎を斬ってしまった。

戦いだから仕方のないことだ。

二人が中ノ橋まで戻ってくると村上金之助と林倉之助が、岡田昌次郎の遺骸の傍に立っていた。倉之助が昌次郎の刀を持って調べている。

明らかに人を斬った痕跡があった。だが、倉田甚四郎に遠慮して何も言わずに鞘に戻した。お町を斬った敵に逃げられて悔しい甚四郎だが沈黙して何も喋らない。お町にすまないと思っていた。

その夜、小紫ことお島が鶏太に教えられた長屋に逃げてきた。

着替えなど身の回りの物を小さく風呂敷に包んで抱え、心張棒もしないで寝ている鶏太の長屋に入り込んだ。鶏太は藤沢宿から奉行所に戻り、そこから長屋に戻った記憶がないまま、気を失ったように寝てしまったのだ。

疲れたなどというものではない。四、五日は寝てしまいそうだ。

「鶏太さん……」

長屋を間違えていないか心配なお島が呼んだ。

寝息はするが起きない。

ところが困った顔のお島が立っていると「誰だ……」と鶏太が誰何した。

「お島ですけど……」

小声で答える。

「おう、上がれ……」

灯りもつけずに鶏太が言う。

「鶏太さん？」

「うん……」

手探りでお島が座敷に上がると、鶏太がお島の腕を引っ張ってそのまま覆いかぶさった。鶏太は猛烈に興奮している。こうなると若い二人の夜は途方もなく長くなる。鶏太は寝ているのか起きているのかわからない。

「お島……」

「鶏太さん……」

「よく来たな」

「うん……」

二人はそのまま抱き合ってしまった。

その頃、北町奉行所に投げ文《ぶみ》があった。それに門番が気づいたのは翌朝に奉行所の門扉《もんぴ》を開けようとしてだった。

既に勘兵衛は起きてお澄の入れた茶を飲んでいた。

宿直同心の大場雪之丞が、門番が届けてきた投げ文を読んで、慌てて勘兵衛のところに持ってきた。

「投げ文でございます！」

「どれ……」

手に取って一読した勘兵衛がお澄に藤九郎を呼んでくるよう命じた。

その投げ文は、八丁堀の中ノ橋で岡田昌次郎を斬った藤九郎と、倉田甚四郎に対する果たし状だった。達筆で美しい文字だ。

場所は品川鈴ケ森《すずがもり》、刻限は暮れ七つ申《さる》の刻、差出人はタイ捨流関隼人正と将監《しょうげん》鞍馬流《くらまりゅう》尾崎馬太郎である。立会人はない。

「雪之丞、八丁堀に帰ったら甚四郎にこのことを伝えて、すぐ奉行所に来るように……」

「はい、畏まりました」

雪之丞が部屋を出ると入れ違いに、お澄と藤九郎が勘兵衛の部屋に現れた。

勘兵衛が黙って紙片を藤九郎に渡す。

一読した藤九郎も黙って紙片を勘兵衛の前に置いた。

「どうする？」

「やります」

「そのタイ捨流関隼人正というのは、三人の白状によると松之丞に特別扱いされている凄腕だというぞ？」

「はい、タイ捨流の開祖丸目蔵人佐さまはいまだ存命にて、九州一円に弟子を持つ剣豪にて、それがしの神夢想流《しんむそうりゅう》とも浅からぬ因縁がございます」

「そうか……」

「お許しいただけますでしょうか？」

「挑まれたのだ。逃げるわけにもいくまいが……」

「はッ！」

二人が話しているところに朝の早い半左衛門が顔を出した。

「お奉行、雪之丞に聞きましたが？」

「うむ、藤九郎と甚四郎に挑戦状だ。場所は鈴ヶ森……」

「それでは包囲する手配りを？」

「半左衛門、同心が押しかけては敵が現れないぞ」

「しかしお奉行……」

「もし、藤九郎と甚四郎が負けるようでは、何人で包囲しても犠牲者を出すだけだ。これ以上、与力、同心に犠牲者を出してはならぬ」

勘兵衛は藤九郎と倉田甚四郎が斬られたら、北町奉行を辞職すると覚悟を決めた。居合の達人青木藤九郎が負けるとは思っていない。だが、タイ捨流の関隼人正も相当な腕だと想像できる。

松之丞の切り札の怪物なのだろう。

世の中には途方もなく強い剣士がいるのだ。

「それでは、二人だけで？」

「うむ、それでいいな、藤九郎？」

「はい！」

確かに藤九郎が斬られたら、与力、同心、捕り方など二十人や三十人で取り囲んでも、どれだけの犠牲が出るかわからないはずだ。藤九郎以上の剣を使う役人は北町はもちろん南町奉行所にもいないのである。

捕り方が捕らえられればいいが、散々斬られて逃げられたら目も当てられない。

ここは藤九郎と甚四郎の二人の剣客に任せるしかなかった。

奉行所に戦いを挑んでくるとは、なんとも厄介な外道どもだと思う。本来なら、奉行所の役人総出で捕まえなければならないところだ。勘兵衛は冷静に考えてそうはしない。

半左衛門も苦しいところだ。

これは妻を殺された倉田甚四郎の戦いでもある。

雪之丞から投げ文の内容を聞いた甚四郎はお町の執念だと思った。上方に逃げればそれを追うのは容易ではない。その敵が逃げずに逆に果たし合いを望んできた。お町がそう仕向けたのだと思う。

藤九郎が追うかと言ったが、そう易々と追えるものではないのだ。

甚四郎は仏壇の前に座ってお町に報告した。

武運がなければ戦いには負ける。白刃《はくじん》の下に何があるかは誰にもわからない。

挑戦状を叩きつけてきたのだからおそらく強敵だろうと思う。

第十六章　決闘一本松《いっぽんまつ》

その朝、浅草の一座が急に小屋掛けを壊し始めた。

小屋の中には宗次郎がいた。

朝になって、小紫がいないことに気づいて、騒ぎになったが小屋掛けを終いにすることにしたのだ。兎に角一座が江戸を離れることだと宗次郎は考えた。

北町奉行所の手が回っている。手配りが早く逃げられるか危ないところだ。

小屋を見張っている益蔵が奉行所に現れ、半左衛門に小屋掛けが壊されていることを知らせる。

それを聞いた勘兵衛は一座には手を出すなと命じた。一座には女芸人が多く、手荒なことをするとは思えない。捕らえられた三人が彦三郎の拷問で白状したように、囮の一座は何も知らず関係がないと言ったことを勘兵衛は信じた。

その頃、浅草で壊される小屋を見ていた鶏太の傍に平太が寄ってきた。

「若旦那、昨夜《ゆうべ》から小紫がいなくなったんで……」

「なんだと？」

「旦那のところじゃないんですかい？」

「馬鹿言え、なんで小紫がおれのところに来るんだ？」

「違うんですかい？」

「当たり前だ。小紫は一座から逃げたということか？」

「そうらしいんで。こんな一座から逃げるんならそれでもいいんだが、上方に戻ることになったもので、どこに行ったものか探しているんだ。どこにも行くところはないはずだから、客の誰かに匿われたんだろうと思うんだ。旦那のようないい人に……」

「おれかい。小紫はいい女だから逃げてくれれば匿ってやるが、客のところじゃ、人数が多くて探すのは難しいんじゃないか？」

「うん……」

「お前、上方に戻るのか？」

「おれもこんなところから逃げてえんだが、一座にいれば食うに心配がねえからな……」

「そりゃそうだ。気をつけて帰れ、これは少ないが……」

鶏太が一分金を握らせた。

「若旦那、最後までこんなことをしてもらってすまねえ……」

「いいんだ。小紫が見つかったらよろしくな?」

「うん、旦那に匿ってもらいてえよ……」

「そんなこと言うもんじゃない。また会えるかもしれないじゃないか?」

「だといいんだが……」

「また江戸に出てくるんじゃないのか、元気でな」

鶏太は小屋を離れてお千代の茶屋に歩いて行った。

その時、鶏太はフッと見慣れない男が小屋にいたと思い出した。その時はそう思っただけで深く考えもしなかったが、鶏太が見たその男こそ小紫の父親の宗次郎だったのである。

一座の小屋は掛ける時は手間がかかるが、壊す時はたちまちで益蔵が奉行所から戻った時は、きれいさっぱり影も形もなくなっている。

その頃、小屋から逃げたお島は鶏太の長屋に潜んでいた。

鶏太は長屋に帰りたいが、益蔵が奉行所から戻ってくるのを待っている。お島が長屋にいることは益蔵にだけは話していた。

小屋がなくなったのを見て益蔵がお千代の茶屋に帰ってきた。

「親分……」

「早いもんだな。もう小屋がない」

「親分、ちょっと気になっているんだが、小屋を壊している時、これまで一度も見たことのない男が一座にいたんだ」

「なんだと?」

「四十がらみで目の鋭い男なんだ」

「それは藤沢宿から逃げたという宗次郎ではないのか?」

「あッ!」

鶏太は益蔵に言われて思い当たった。捕縛された三人が白状した宗次郎が、一座に逃げ込んでいたと思い当たったのだ。

「親分!」

「追えッ!」

鶏太が反射的に茶屋を飛び出して一座を追った。

この時、鶏太と同じことを感じて宗次郎だと目をつけた男がいた。彦一だった。盗賊だった彦一は見知らぬ男の臭いに宗次郎だと感じ取った。彦一と卯吉が浅草から一座を追って、宗次郎の尻尾をつかもうとしていた。ところがそれに気づいたのか、日本橋の近くまで来て宗次郎が消えてしまう。二人は慌ててあたりを探したが宗次郎の姿はどこにもなかった。

そこに足の速い鶏太が追いついて来た。

「卯吉、おめえ、なんでこんなところにいるんだ？」

「兄いッ、一座にいた怪しい男を親分と追ってきたんだが、どこかに消えちゃって探しているところなんだよ」

「怪しい男って宗次郎か？」

「うん、親分はその宗次郎に間違いないだろうと……」

「くそッ、逃げられたか！」

鶏太と卯吉が道端で話していると彦一が現れた。

「あの野郎、逃げやがったぜッ！」

「親分、おれが近づき過ぎてばれちまったのか？」

「いや、そんなことはねえ、卯吉、お前のせいではないぞ。敵の方が一枚上手《うわて》だったということだ」

「神田明神の親分、あっしは浅草に戻ります」

「おう、おれたちは無駄だろうが品川宿まで追ってみる。益蔵親分にそう伝えておくんなさい」

「承知しました」

鶏太はあの男は宗次郎に間違いなかったと思う。

もう少し早く気付くべきだったと思うが、一座には平太がいて尾行しづらいのだ。鶏太はお島に気を取られていたことも事実だ。鶏太の頭の中にはお島と小笹と風花が出たり入ったりで混乱している。

男というのは女のことになるとどうしようもない。

「三人ともいい女なんだな……」

歩きながらブツブツ言う。

「三人は女房にできないか、誰がそんなこと決めたんだ。殿さまは三人でも五人でも奥方がいるそうじゃねえか……」

江戸では女が少なく嫁をもらえない男が多いのに、鶏太は嫁になりたいという女を三人も独り占めしている。人は幸運な男と思うだろうが本人は当然と思っている。鼻の下が伸びた男はそんなものだ。

鶏太は走って長屋に戻ってきた。

「鶏太……」

「お島ッ……」

二人は抱き合うと座敷に寝転がってしまう。

いかんともしがたい若い二人である。鶏太は益蔵に会わなければならないのに後回しにする。お島を抱くのが先だ。

その頃、奉行所では藤九郎と甚四郎が、戦いに備えて太刀の手入れをしている。

昼が過ぎて勘兵衛が下城してきた。

勘兵衛は鈴ヶ森の決闘のことを老中に言わなかった。これは源左衛門とお町と門番を殺された勘兵衛の覚悟だ。二人が戦いに敗れればその責任を取る。

タイ捨流の関隼人正とはどんな剣を使う何者なのか。

未《ひつじ》の刻になると藤九郎と甚四郎は馬に乗って、関隼人正が戦いの場所と指定してきた品川鈴ヶ森に向かった。

いよいよ松之丞との勝負でもある。

この二十年後、慶安《けいあん》四年（一六五一）には江戸の南の入り口である東海道沿いの品川鈴ヶ森に刑場が設置される。北の入り口である奥州街道沿いの千住小塚《こづか》原《つぱら》にも刑場が設けられた。

これは街道を通る人たちへの見せしめであった。

この頃、江戸に集まる人々の中で浪人の数が増加して、その浪人による犯罪件数が急増していた。その一つとして幕府への反乱事件である慶安の変が江戸で勃発する。別名由井正雪《ゆいしょうせつ》の乱ともいう。

その首謀者が由井正雪や丸橋忠弥《まるばしちゆうや》だった。

幕府は三代将軍家光の時代になると厳しい武断政治を行い、多くの大名に対して減封《げんぽう》や改易《かいえき》を断行する。そのため、禄《ろく》を失った武家たちが浪人となって江戸に押し寄せてくる。浪人は増える一方なのだ。

その数が激増した。

中には山田仁左衛門長政《やまだにざえもんながまさ》のように日本から飛び出して、シャムなどに渡る武家まで出てくる。そんな時代の激変の中で見せしめの刑場が必要になった。

品川鈴ヶ森は海岸に近く、一本の老松が立っていたことから一本松《いっぽんまつ》とも呼ばれた。その近くに鈴ヶ森八幡《はちまん》神社があり、その神社に振ると鈴のように鳴る鈴石があった。

いつの頃からかはわからないが、その鈴石にちなんで誰言うともなく鈴ヶ森と呼ぶようになったのである。

「宇三郎、馬の支度を急げ！」

「品川へ？」

「そうだ。急げ！」

藤九郎と甚四郎が奉行所から出て行くと、大急ぎで馬の支度をして勘兵衛、宇三郎、文左衛門、青田孫四郎の四騎が奉行所から飛び出した。果たし合いの結果を見定めようというのだ。

陽《ひ》が西に傾いた申の下刻ごろ、品川鈴ヶ森の老松一本松に藤九郎と甚四郎が着いた。

果たし状を投げ込んだ関隼人正と尾崎馬太郎は来ていない。

「まだのようだな？」

藤九郎が馬から下りると甚四郎も下馬して、羽織を脱いで馬の鞍《くら》に置いた。既に二人は襷《たすき》をかけている。

懐から紐を出して藤九郎が鉢巻《はちま》きをする。

甚四郎も懐から白い鉢巻きを出して締めた。

「ずいぶん太い松だな？」

藤九郎が老松を見上げる。敵がどこから飛び出してくるかわからず、甚四郎は刀の柄《つか》に手を置いて周囲を警戒して見回す。

「しばらく待たせるつもりだろう」

「卑劣な奴らだ……」

「タイ捨流の関という男はわしがやる」

「はい、それがしは尾崎という男をやります」

甚四郎は妻のお町を斬ったのは尾崎という男だと思っている。

二人は老松の根元の周囲が五、六間四方に草が生えていない足場を調べ、再度、草鞋《わらじ》の紐を確かめた。

戦いの最中に紐が切れると厄介なことになる。

四半刻近く待たされて、藪の中から関隼人正と尾崎馬太郎が現れた。その後ろに宗次郎と女に化けた松之丞がいた。

「関隼人正と尾崎馬太郎だな？」

藤九郎が聞いた。

「いかにも、関隼人正だ。居合を使うというのはおぬしか？」

「さよう。神夢想流青木藤九郎だ」

「ほう、林崎さまの神夢想流居合だな？」

「そうだ」

「わしのタイ捨流にも居合がある」

「タイ捨流の開祖丸目石見守《いわみのかみ》さまはご健在とお聞きしたが？」

「うむ、九州の球磨《くま》川切原野《きりはらの》におられる」

「わが師と石見守さまは剣友とお聞きしているがいかに？」

「さようでござる」

二人がにらみ合った。

「そなたは石見守さまの正当な弟子と思われるが、何ゆえあって盗賊の助っ人などをしておるか？」

「青木殿、戦のない世の何がおもしろいか？」

そう言って隼人正が太刀の柄を握るとゆっくり抜いた。

「なるほど、戦のない世はおもしろくないか……」

「抜けッ！」

タイ捨流の極意は右半開に始まり左半開に終わる。すべて袈裟斬りに終結するという独特の剣法なのだ。それを藤九郎は知っている。

甚四郎は藤九郎から三間（約五・五メートル）ほど離れて馬太郎と向き合った。

「妻を斬ったのはうぬか？」

「そうだ。返り討ちにしてくれる。来やがれ！」

松之丞と宗次郎は十間ほど離れた藪の中に立って見ている。そこに馬に乗った勘兵衛たち四騎が現れた。それを見ても松之丞は逃げようとはしない。

勘兵衛は馬から下りず、十数間ほど離れたところから老松の下の戦いを見ている。

藤九郎と隼人正は遠間である。

鞘口《さやぐち》を切ると藤九郎も静かに刀を抜いた。常には使わない藤九郎の構えだ。中段に刀を置いて息を止めた。すると隼人正は藤九郎の呼吸がわからなくなった。かつて見たことのない構えだが、師の石見守から聞いたような気がする。

油断できない使い手だと隼人正が感じた。この男は強い。

藤九郎の剣先から微《かす》かに妖気《ようき》のような剣気が湧き上がるのを見た。藤九郎が眠っているようにうっすらと目を開けている。

その妖気に吸い込まれそうになった。

隼人正は何んという構えだと思う。神夢想流の秘剣、神伝居合抜刀無明剣《しんでんいあいばっとうむみょうけん》の構えである。

隼人正は目の前にいるのは随息観《ずいそくかん》に入った禅僧だと思った。

藤九郎は動いていないのに、その剣先が目の前に迫ってくるように思う。

斬られる。

それでもタイ捨流の剣客は恐れない。徐々に構えを右半開にして必殺の袈裟斬りの構えに移った。ジリッ、ジリッと間合いを詰めるが、中段に構えた藤九郎は死んだように動かず立っている。

居合は待つことにあり、己の心に勝つことにあり。

無明剣は敵の正中を斬る秘剣だ。

待つ、隼人正が動くのを待つのが居合だ。敵が動けば後の先を取る。隼人正は遂に死線を越えて間合いを一足一刀に詰めた。

動けば一瞬で決着がつく。

藤九郎の剣先が微かに右に五寸ほど動き、わずかに剣先が下がった。

誘いの隙だ。

間合いを詰めた隼人正の刀がゆっくり上がった瞬間、タイ捨流の右半開の構えから袈裟に斬ってきた。その動きに同期させると一瞬早く藤九郎の刀が動き後の先を取った。

シャリッと隼人正の刀を擦り上げた。

その藤九郎の剣が隼人正の脳天から正中を一気に斬り下げた。

隼人正が驚いたように藤九郎をにらんだが、既に、その目に生気はなく藤九郎の逆袈裟斬りがその首を跳ね飛ばした。

藤九郎の残心が夕日の空にグッと伸びた。

反撃に備える構えだ。

関隼人正の首のない体が藤九郎の背後にドサッと転がった。

それが目に入った馬太郎が恐怖で固まった。瞬間、倉田甚四郎の剣が「イヤーッ！」と、上段に上がって馬太郎の左肩から袈裟に斬っている。お町の一撃が殺人鬼を斬り捨てたのだ。

藪の中で見ていた松之丞と宗次郎の姿が消えた。

「捕らえろッ！」

勘兵衛が文左衛門と孫四郎に二人を捕らえるように命じた。馬上からは松之丞と宗次郎が逃げて行くのが見えた。

「それッ!」

馬に鞭《むち》が入って文左衛門が追うと孫四郎が続いた。

勘兵衛と宇三郎は馬腹を蹴ってゆっくり老松に近づいて行った。既に隼人正と馬太郎は息絶えている。

藤九郎は血振りをすると刀を鞘に戻し、甚四郎は懐紙で刀を拭いてから鞘に戻した。

「見事であった」

頭を下げる藤九郎と甚四郎に言って勘兵衛が馬から下りた。

「恐れ入ります」

「逃げた二人は松之丞と宗次郎だろう」

「はい、隼人正が勝つと信じて出てきたのでしょう」

「うむ……」

勘兵衛が斬り落とされた隼人正の首を覗き込んだ。目を剝《む》いて今にも嚙みつきそうな顔だ。乱世が終わり隼人正のように戦のない世は、おもしろくないと思う浪人が溢《あふ》れているのだ。

「そなた師に合わせる顔がなかろう」

勘兵衛が隼人正の首にボソリと言う。

何人を斬り殺してきたのか、師の石見守は殺人剣など教えないはずだ。隼人正の師丸目蔵人佐は若い頃、新陰流の上泉伊勢守秀綱《ひでつな》の弟子だった。

同じ頃、柳生石舟斎も上泉伊勢守の弟子となり柳生新陰流を開き、丸目蔵人佐は九州でタイ捨流を開いたのである。

蔵人佐は自ら天下一というほど優れた剣士であった。

「この男は道を誤《あやま》ったな……」

「はい、師の名に恥じない剣にございました」

藤九郎が隼人正を庇《かば》うように言う。

「これからは、このような浪人が江戸に増える。強い剣士は困る」

勘兵衛が懸念したことは丸橋忠弥が現れ現実になる。丸橋忠弥は四国の長宗我《ちょうそか》部盛親《べもりちか》の子と言われ、槍の名人で由井正雪と一緒になって江戸幕府を転覆させようとする。

悔しかったお町の戦いは終わった。

この一本松にやがて間口四十間（約七三メートル）、奥行九間（約一六・四メートル）の鈴ヶ森刑場が設置され、最初に処刑されたのが丸橋忠弥である。

文左衛門と孫四郎に追われた松之丞と宗次郎が、藪の中を追い回され傷だらけになって捕らえられる。縛り上げられた二人が勘兵衛の前に転がされた。七化けの松之丞は美しい女だった。

「松之丞、わしが鬼と言われる北町奉行の米津勘兵衛だ。うぬが死にたくなるほどじっくり白状させるから覚悟しておけよ。連れて行け！」

勘兵衛の怒りは腹の中で煮えくり返っていた。

「お奉行、一座の方はこのまま？」

宇三郎が聞いた。

「うむ、この二人が捕まればあの者たちは何もできまい。女芸人が多いと聞いているから、上方でならその芸を売って生きていけるだろう。帰らせてやれ……」

「はい！」

松之丞と宗次郎がそれを聞いていた。

第十七章　二人妻

勘兵衛は半左衛門に命じて、松之丞事件で働いたご用聞きに褒美《ほうび》を出した。何《な》んと言っても、事件解決の切っ掛けを見逃さなかった鶏太と留吉には、それぞれ黄金五枚が与えられた。

黄金の五両の褒美はこれまでで最高のものだ。

鶏太と留吉は躍り上がるほどよろこんだ。五両もの大金に手が震える。

浅草に飛んで帰ると鶏太はお千代にそっくり預けた。

「姐さん、おれが持っていると岡場所で使っちまうから預かっておくんなせい」

「鶏太、お前、大人になったね？」

「姐さん、いつまでも餓鬼《がき》じゃいられないんで……」

「お島かい？」

「小笹も風花もいるもんで……」

「馬鹿、お島だけにしておきな！」

「そんな……」

「そんなもこんなもないの、お島はもう女房のつもりなんだろ？」

「そうなんだ。どうする姐さん？」

「女房にしてやればいいじゃないか」

「小笹と風花は？」

「てめえ、いつまでもふざけたことを言ってるんじゃねえぞ！」

盗賊の女だったお千代は怒ると伝法で怖いのだ。

「親分が鳥越《とりごえ》神社あたりで店を持たせて、ご用聞きにしようとしているんだぞ鶏太。今度、岡場所に行ったらこの話はなかったことにする。お島は女房を欲しがっている男に世話するから覚えておけ！」

遂《つい》にお千代を怒らせてしまった。

お千代が怒ると益蔵でも尻に敷かれるのだ。

「姐さん、ご免ッ！」

鶏太が謝って逃げ出した。

「何人でも女が欲しい年ごろだわな……」

話を聞いていたお信が鶏太の味方をする。

「そうなんだけど……」

「それにしても、お奉行さまはずいぶん弾《はず》んだものだね」

「本当に驚いた。五両とは……」

「三人も殺された厄介な事件だから、お奉行さまも安堵《あんど》したのでしょうね？」

「七化けの松之丞は外道だ。盗賊の風上にも置けねえよ」

「うん……」

その頃、留吉は姉のお国に五両を渡していた。

「この五両はお前の宝物だ。使ったら罰が当たる。お奉行さまのご恩を忘れるんじゃないよ。いいね？」

働き者の豆観音は弟に厳しい。

留吉に一人前のご用聞きになってもらいたい。親分と呼ばれる男になってもらいたいとお国は思っている。

解決が困難と思われた凶悪犯の事件を終わらせた奉行所は一息ついた。

ご用聞きはよく働いた。

それだけでなく、与力も同心も寝ることを惜しんで見廻《みまわ》りに奔走する。

勘兵衛は奉行所の総力だけでなく、浅草の正蔵や鬼屋万蔵の配下まで借りて、松之丞と宗次郎の凶行を防ごうとしたのだ。

それに成功した。

徳川幕府が誕生してまだ十八年、勘兵衛が初代北町奉行に就任して十七年しか経《た》っていない。その幕府は二百六十四年続き、勘兵衛が奉行を務めたのはまさに幕府の草創期である。

幕府の組織は未熟で大目付も若年寄もない。

江戸は凄《すさ》まじい勢いで拡大し繁栄、西国や上方など地方から武家や商家が際限なく江戸に集まってきた。

相変わらず男五、六人に女一人という偏《かたよ》りで、殺人事件など毎日のように起きている。

そんな荒々しい江戸で、幕府は治安の乱れや浪人の不満などを警戒していたが、治安、行政、裁判などは南北の町奉行に覆いかぶさっていた。

なんでもしなければならない町奉行は激務である。

火付盗賊改や町火消《まちびけし》などが整備されるのはまだまだ先のことだった。

間もなく夏が終わる頃、勘兵衛は半左衛門に四谷の医師石庵を呼ぶように命じた。

半左衛門は女王札のお銀のことだと急いで使いを出す。突然の呼び出しに石庵がとるものも取り敢《あ》えず奉行所に駆けつけた。このところお銀はすっかりおとなしくなっている。伊賀組から嫁の話があってからだ。

「石庵、お銀はどうしている？」

「はい、あちこちから再嫁の話があって頭が痛いようでございます」

「そうか、相変わらず、わしの側室になりたいと言っているのか？」

「はい、なかなか可愛《かわい》らしい姫さまでございます」

傍《そば》で喜与とお澄が聞いている。

お澄はお銀の話になると露骨に敵意をむき出しにする。勘兵衛の側室は自分が先でこれだけは譲れない。

「石庵、お銀に話がある。連れてきてくれないか？」

「お奉行さま、いよいよ？」

「早とちりするな。わしからお銀に頼みたいことがあるのだ」

「承知いたしました」

石庵は四谷に戻ると甲賀組の岩室家に向かった。奉行の勘兵衛が頼みたいことがあるとは急ぐことだろう。

その夕刻、勘兵衛は倉田甚四郎を呼んだ。

「甚四郎、お町が残した娘がいるそうだな?」

「はい……」

「何歳になる?」

「三歳にございます」

「誰が育てているのだ?」

「はい、お町の母親とお順にございます」

「そうか、お町の母親は確か南町の与力の?」

「はッ、荒木弥之助《あらきやのすけ》殿の母にございます」

「お順はまだ子どもだと聞いた。何年も荒木家の世話にもなれまい?」

「はい……」

「後添《のちぞ》えをすぐ探さないとならぬな?」

「お奉行、まだ百か日も過ぎておりませんのでその話は……」

「甚四郎、お町は可哀《かわい》そうなことだった。だが、お前はまだ若い。お町の心残りは娘のことではないのか?」

「はい……」

甚四郎がうつむいた。

「世間では百か日がすぎるまでとか、一年は再婚など無理な話だなどと言うが気にするな。今のお前は娘のためにどうしても後添えが必要だ。荒木家のこともあるから南町奉行の島田殿に話をするが、いい娘がいる」

「お奉行……」

「これはわしの命令だ。そなたには何も考えず仕事をしてもらいたい。嫁をもらえ！」

甚四郎は困った顔で勘兵衛を見る。

「お前の知っている飛び切りいい女だ。承知させるからいいな？」

知っている女と言われてはむげに嫌だとも言えない。それに奉行の命令だと言われては嫁をもらうしかないのが武家というものだ。甚四郎は観念して嫁を迎えることを承知した。

与力は二百石だから同心のように貧乏ではない。

翌日、勘兵衛が下城するとお銀と石庵が奉行所に来て待っていた。勘兵衛は着替えもせずに人払いをしてお銀と向き合った。

「お銀、気に入った再嫁の話はあるのか？」

「ありません」

どうしてそんなことを聞くのだとお銀は怒った顔だ。お銀は勘兵衛の側室が望みなのだ。

「お銀、わしの頼みを聞いてもらいたいのだ」

「嫁ぐ話でございますか？」

「嫌か？」

「お奉行さまの側室をあきらめておりません」

「これはそなたでないと駄目な話なのだ。聞いてくれないか？」

「ご命令ですか？」

「そう思ってくれていい……」

「わかりました」

お銀は覚悟を決めた。大好きな勘兵衛の頼みを断るわけにはいかない。困った顔の勘兵衛を見てお銀がニッと微笑《ほほえ》んだ。

「お奉行さまのご命令に従います」

「うむ、お銀、この奉行所の与力の妻が、盗賊の暗殺団に狙われて斬られたのを知っているか？」

「はい、噂《うわさ》ですがお聞きいたしました」

「その妻はお町という」

「お町さま……」

「うむ、一味はみな捕まえたのだが、お町は三歳の娘を残したのよ」

「まあ、お可哀そうに……」

「倉田甚四郎という名を聞いたことがあるだろう？」

「はい、その倉田さまのところへ、お町さまの後添えにというご命令でございますか？」

「うむ、甚四郎のためでもお町の残した娘のためでもあるが、お銀、わしはお前に幸せになってほしいのだ。甚四郎はいい男だ。先日、お町を斬った刺客を果し合いで斬り捨てた柳生流の剣客でな、お前のような賢く強い娘でないと妻は務まらないのだ。そこをわかってもらいたい」

お銀は勘兵衛の誉め言葉にニッとまた微笑んだ。

幸せになってほしいという勘兵衛の言葉が胸を貫いた。お銀はうれしかった。

「お奉行さまのご命令を有り難くお受けいたします」

勘兵衛に両手をついて挨拶した。

「うむ、お町は南町奉行所与力、荒木弥之助の姉であった。刺客《しかく》に短刀で立ち向かったほどの女丈夫《じょじょうふ》だ。わかるな？」

「はい、荒木家にも納得していただけるよう、お町さまのお子をお育ていたします」

「甚四郎に可愛がってもらうのだぞ！」

お銀が小さくうなずいた。

話が決まると勘兵衛は半左衛門と石庵を呼んで話を進めるよう命じた。

後添えではあるが甲賀鉄砲組の同心の娘が、北町奉行所の与力の妻になるのだから良い話だ。それを奉行の勘兵衛が仲介するのだ。

倉田甚四郎も女王札のお銀と聞いて気に入った。

若くやんちゃな娘だと思う。甚四郎はお銀が勘兵衛の側室になりたいと言ったことも聞いていた。

幼い娘のことを考えれば、早く嫁をもらった方がいいと思う。

半左衛門と石庵が働いて、めでたい話はトントンと進み、一ヶ月もしないで甚四郎とお銀は一緒になった。勘兵衛と半左衛門は森源左衛門とお町と門番が斬られた奉行所の暗い雰囲気を、甚四郎とお銀の結婚で払拭することに成功した。

お町を忘れられない四十前の甚四郎だが、若いお銀を嫁にもらって生き返った。

森源左衛門の息子もまだ若いが、見習いとして奉行所に出仕することが決まった。すべて勘兵衛の配慮である。

その勘兵衛は事件が終息したことを土井利勝に報告した。

解決していないのは鶏太とお島だ。

鶏太は困った男で女に甘く気が多過ぎるのだ。小笹と風花に未練たらたらだが、お島が可愛くてたまらない。長屋ではあまりにべたべたと昼夜の区別がないので顰蹙《ひんしゅく》を買っている。

だが、そんなことは知ったことではない。

益蔵は半左衛門に鶏太の独り立ちを願い出ているが、その半左衛門がなかなか首を縦に振らないのだ。女房を持たないご用聞きを半左衛門は認めない。男は所帯を持って落ち着かないと良い仕事ができないと思っている。

秋になって、伊那谷の朝太郎がお絹、安太郎、茂平を連れて神田明神に現れた。

「お浦ちゃん！」

「お絹ちゃん……」

間もなく臨月《りんげつ》のお浦と、年明けの一月が臨月のお絹が手を取り合ってよろこぶ。二人を一緒に懐妊させた平三郎は具合が悪そうだ。なんとも恐ろしい女賊の二人妻だ。

「お奉行所にご挨拶に行こうと思うんだ。江戸に出てきて知らぬふりはできまい?」

「お奉行さまも驚かれましょう」

杖《つえ》を突いた朝太郎が平三郎と二人で奉行所に向かった。

ちょっと難しいのがお長《ちょう》と安太郎だ。姉と弟であることは互いにわかっていてじっと間合いを窺《うかが》っている。何んとも可愛らしい対決だ。

こういう時はどっちから声をかけるのかが難しいところだ。

お浦とお絹は二人のことをそっちのけで、積もり積もった話に夢中になっている。互いに腹が膨れているのだから仲のいい二人は姉妹のようだ。女は女だけの話が山ほどあるのが常だ。何年も会っていなかったのだから当然である。

お長と安太郎の間合いが詰まった。

「姉ちゃんか?」

安太郎が怒ったように聞いた。

「うん、安太郎か？」

お長が聞くと安太郎がうなずいた。二人は姉と弟がいることを教えられている。

「うん、お長姉ちゃんんか……」

安太郎がニッと笑うとお長もニッと笑う。それを小冬が見ていた。

「二人は姉弟だからね」

「うん……」

「神田明神に行って見るか？」

「うん！」

お浦とお絹が話に夢中なので、小冬が子ども二人を引き受けて神田明神に向かい、途中でお弓の茶屋に立ち寄って三人で甘酒を飲んだ。

お弓も安太郎の存在は知っている。

「二人ともよかったね？」

「うん！」

「安太郎、行こう！」

「うん、姉ちゃん、手を握ってもいい？」

初めて会ったとは思えない仲のいい姉弟が神田明神の境内《けいだい》に走って行った。

その頃、朝太郎と平三郎は勘兵衛と会っていた。

勘兵衛が朝太郎と会うのは岡崎《おかざき》城下で、煙管《キセル》を交換して煙草《タバコ》を吸ったとき以来になるのだ。

「伊那谷から出てくるとは大いに結構だ」

「お奉行さまのお蔭《かげ》でこのように生かされております」

「孫ができたそうではないか?」

「はい、それもお奉行さまとこの平三郎のお陰でございます。孫の顔が見られたことでもう少し生きてみようかと思いましてございます」

「うむ、それはいいことだ。薩摩守《さつまのかみ》さまもよろこばれておろう」

「ぼちぼち、殿さまの墓守も難しくなります」

「そう弱気にならずに……」

「はい……」

勘兵衛の言う薩摩守とは仁科五郎信盛のことだ。朝太郎は五郎山に登るのが難儀になってきている。

五郎信盛の長男勝五郎《かつごろう》は武田と織田の戦いの時、信盛の妹松姫《まつひめ》と武蔵恩方《おんがた》こと八王子に逃げた。その勝五郎は大久保長安の仲介で家康と会い、三千石の大身旗本として仁科家を復興している。

高遠城で織田軍と戦った優将仁科五郎は伊那谷の守り神になった。

「ゆっくり江戸を見物して行け、これから江戸は十倍にも百倍にも大きくなる」

「はい、殿さまのお傍に上がる良いみやげ話になります」

「伊那谷はもう寒くなる頃だな？」

「はい、お奉行さまにはご迷惑をおかけいたしました。お身体を大切にされまして……」

「そうだな。そなたも長生きをすることだ」

「ありがとうございます」

朝太郎は勘兵衛に永《なが》の別れをするために伊那谷から出てきたのだ。

息子の雨太郎がどれだけ奉行所に迷惑をかけたかしれない。勘兵衛の大きな寛《かん》容《よう》によって朝太郎や平三郎、お浦やお絹が生きていられるのだ。その恩を朝太郎は忘れていない。

二人は奉行所を辞して、足袋屋の彦平を訪ねた。

「伊那谷のお頭ッ！」

彦平がひっくり返りそうになるほど驚いた。

「すぐ店を閉めますので中へ……」

「ちょっと寄っただけだから彦平さん……」

平三郎はすぐ帰るつもりで朝太郎と立ち寄ったのだ。

「兎《と》に角《かく》、上がってください」

彦平は二人を座敷に上げると、いつもより早いが店を閉めてしまった。

「お頭、どうして江戸へ？」

「彦平、末吉が江戸に来ていたそうだな？」

「へい……」

「末吉はまだ仕事をしているのか？」

「そうなんです」

「今度、末吉が江戸に出てきたら、仕事をするなと伝えてくれ……」

「わかりました」

彦平が理由も聞かずに承知した。

「実はな彦平、わしは北町奉行の米津勘兵衛さまに助けられたのだ。今頃、あの世にいてもおかしくなかったのだ」

驚いた顔の彦平が朝太郎の話を聞いている。

「お奉行はわしを捕らえず隠居を許してくれた。その後、息子の雨太郎が外道に落ちてな。とんでもない厄介をおかけしたが、それでも、お奉行さまはわしの罪を問わなかった。さっき、お会いして永のお別れをしてきたところだ」

「お頭にそんなことが？」

「わしは平三郎を差し出したが、お奉行さまはそれも不問に付してくださったのだ」

「そうでしたか……」

「そのお奉行さまの江戸で、わしの身内が仕事をするのは許せねえ……」

「お頭の身内？」

「お前と末吉はわしの身内だ。そうだろう？」

「ありがとうございます」

「このことを全部、末吉に話をして仕事をさせるな。江戸で仕事をすれば北町奉行所に必ず捕まるぞ。米津さまを甘く見てはならん」

「へい、承知しました」

彦平も末吉に仕事はさせたくない。朝太郎の言ったことをもっともだと思い快く了承した。

「今度の事件は京の小五郎の息子がしでかしたそうだな？」

「そうなんです。同心を斬るとは何を血迷ったのか……」

「小五郎も江戸でずいぶんひどい仕事をしたというではないか、京まで追われるなど外道もいいところだ。人殺しの浪人などみな殺しにされ、今度は松之丞とかいう小五郎の息子も捕まったそうではないか？」

「ええ、そう聞いています」

「末吉は高崎宿から上方に帰ったと聞いたがいい考えだ」

「上方に戻って隠居するつもりかもしれません。そんなふうに感じました」

「それはいい、盗賊などは長くやる仕事じゃない」

朝太郎は末吉が隠居するかもしれないと聞いてうれしそうだ。

「お頭はいつまで江戸に？」

「甲斐と信濃はこれから日に日に寒くなる。雪が来ると杖突の峠も越えられなくなるのでな、浅草寺《せんそうじ》をお詣《まい》りしてすぐ帰ることにするつもりだ」

「そうですね、雪のくる時期ですから、お気をつけてお帰りを……」

「うむ、そなたも達者でな？」

「へい……」

朝太郎は彦平ともう会えないと思っている。二人が神田明神のお浦の茶屋に戻ると、猪之助が蕎麦切《そばき》りを作って蕎麦切り名人の茂平に食べさせていた。

江戸に出てきてから猪之助は相当腕を上げている。

だが、茂平の女房のお熊から学んだ猪之助の蕎麦切りを、名人の茂平がどう言うかは大事だ。猪之助のような蕎麦切り職人が、やがて江戸中に蕎麦切りを広めることになる。

「美味《うま》いぞ。婆《ばあ》さんの蕎麦切りよりうまい、猪之助、ずいぶん腕を上げたな」

「ありがとうございます」

「力仕事をする人たちは少し塩《しょ》っぱいくらいがいいだろうからな」

「へい……」

夜になると、お浦の茶屋には彦一とお弓と卯吉が押しかけて大騒ぎだ。

そこへ彦平が角之助と彦太郎を連れて、朝太郎に挨拶するため現れた。小さな家に十五人も人が集まると賑《にぎ》やかで大混乱だ。

第十八章　密偵お香《こう》

朝太郎は三日ばかり江戸にいて伊那谷へ帰って行った。

平三郎は猪之助に伊那谷まで送らせた。

その猪之助が戻ってくるとすぐお浦が男の子を産んだ。弟が二人になったお長は大よろこびだ。この子は平太郎《へいたろう》と名付けられた。

この頃、女密偵のお香をつけ回す男が現れていた。

困ったことにお香の住まいまでつきとめていて、お香はお元の小間物屋に逃げ込んだり、お民の蕎麦切り屋に逃げ込んだり、気持ちが悪くてお香は仕事にならなくなってしまう。

何か悪さをしたり話しかけてくるわけではない。

いつも十間（約一八メートル）ほど離れて見ているのだから始末が悪いのだ。

密偵が後をつけられては洒落《しゃれ》にもならない。

問いただそうと近づくと逃げてしまう。

だが、いつの間にかお香の後ろに姿を現して追尾してくる。

お香は気になって気になって仕事どころではなくなっているのだ。仕方なく上野の直助に助けを求めた。

ところがその直助が近づくと男は素早く姿を消した。

「おじさん、どうしよう。気持ち悪いんだもの……」

お香は怖さで怯《おび》えている。

どこかで話した記憶もなければ、声をかけられたような記憶もない。

何んのために、どこの誰がどんな目的でそんなことをしているのか、お香には皆目心当たりがないのだから手の打ちようがなかった。気持ち悪いこと夥《おびただ》しい。

追ってくる男は二人いるようだとお香は思っている。

そのうちの一人は若い侍のようなのだから、お香は身震いするほど気持ちが悪い。

お香の知るお武家は奉行所の与力、同心だけで、見知らぬ武家と口を利いたことはない。浪人ともそんな記憶はなかった。

白粉《おしろい》売りのお香が出入りする武家は数軒しかなく、それも裏口から入れてもらって商いする程度で、お侍などと口を利くことはない。それも二人というのがなんだかわけがありそうで気持ち悪いと思う。

「お香さん、本当に心当たりはないのかい？」

「ないの、まったくないの……」

「お香さんがお奉行所の者だということはわかっているだろうか？」

「それもわからない。ここ数日、お奉行所には立ち寄っていないから。何者につけられているのかわからないでしょ、だからお奉行所には近づいていないの……」

「そうか、困ったな？」

「危害を加える様子もないし……」

「ただ、後をつけてくるだけだからな。お香さんが美人だから一目惚《ひとめぼ》れしたか？」

「おじさん、そんな冗談言わないでよ」

「冗談や洒落じゃなくて、本当かもしれないぞ」

「そんなの嫌だわ……」

お民の店で直助とお香は蕎麦切りを食いながらの相談だ。お香はここ数日、怖くて長屋から出るのもつらくなっている。長屋を出るとどこからともなく男が現れて尾行するのだ。

「見廻りの旦那に相談するか？」

「こんなことでお手を煩《わずら》わせちゃ申し訳なくって……」

「そうだな。それじゃ幾松の親分に頼もうか？」

「幾松さんに？」

お香はお元の小間物屋に逃げたこともあり、幾松がお元から話を聞いているだろうと思う。その幾松親分も心配しているだろう。後ろが気になって仕事にならないのだから困る。

「親分に頼んで、逆にどこの何者なのか調べてみるのもいいんじゃないのか？」

「そんなこと調べていいの？」

「どこの誰なのか調べるだけだから……」

直助が悪戯《いたずら》っぽくニッと笑った。

どこの誰が何んのためにつけ回したのか、お香は知りたいような知りたくないような複雑な気持ちだ。知らない間に消えてくれるのがよいと思う。だがそんな気配はなかった。

「幾松親分なら気を利かしてくれるからいいんじゃないか？」

「うん……」

お香が了承して直助が幾松と相談することになった。

「ここの蕎麦切りも美味いな、お民さん？」

「神田明神のお浦さんところの、猪之助さんから教わったんですけど、蕎麦切りも汁の方もまだまだのようです」

「いやいや、なかなかのものだ。うちのお繁の蕎麦切りより美味い」

「そんなことを言って、お世辞でもそう言っていただくとうれしいです。今度、お繁さんの蕎麦切りを食べさせていただきます」

「おう、遊びにきてくださいな……」

猪之助の蕎麦切りがぽつぽつと江戸に広がりつつあった。その猪之助は伊那谷へ帰った時、信州の蕎麦を大量に買い込んで運んできている。それを石臼《いしうす》で挽いて粉にするのがなかなかの仕事なのだ。

熱々の蕎麦切りは寒くなると威力を発揮する。

凍えそうな時にフウフウ言いながらズルズルと食う蕎麦切りは天下一品だ。

翌日、直助は幾松と神田明神のお浦の茶屋で蕎麦切りを食べた。平三郎にも相談に乗ってもらおうということだ。

三人は茶屋の二階で額を寄せた。

「可哀そうに、お香さんは長屋から出られないようなので……」

「どこの野郎がつけ回したりするんだか？」

幾松はお元から話を聞いて卑劣な奴《やつ》だと怒っていた。

「こういうことは好きな女を追い回すというのが常なんだがね？」

「平三郎さん、あっしも最初はそう思ったんだが、お香さんの話だと男は二人いるようで、そのうちの一人はお侍だというのでお二人に聞いてもらおうと……」

「お侍、浪人ではなく？」

「若いお侍だというのですよ。おかしいでしょ、親分？」

「お侍ということになると、話が少々厄介なことになりそうだな？」

幾松は武家では捕まえることもできないと思う。

「お香さんが怖がって仕事にならないのは可哀そうだ。誰だって尾行されたら薄気味悪いに決まっている」

「そうなんで……」

「武家ということはお香さんの身辺を見張っているということだろうか？」

平三郎にも相手の意図が想像できないのだ。

「お香さんの正体を知ろうとしている？」

「正体？」

「うむ、お香さんは美人で、白粉売りというのは不似合いだと思ったのかもしれない」

幾松は以前からそう感じていた。それはお駒《こま》にも感じたことだ。北町奉行所の女密偵は美人過ぎると思う。

「そんなこと言っても親分……」

「今さらなんだけど、こうなってみると危ない仕事だから……」

「お香さんの後をつけ回している男の後ろに誰かいるような気がする」

平三郎の勘だ。

「後ろに？」

「うむ、二人に見張らせているのか、または素性を調べさせているか？」

「そうか、それは納得できるな」

「なんのためでしょう」

「そこがわかれば……」

幾松が平三郎の考えに同意した。確かに、そう考えればあり得ないことではなく、二人の男の意味が納得できる。若い侍ということは、その後ろにいるのも武家ということが考えられた。

「きっと平三郎さんの言う通りだ。どうします親分？」

「寅吉に後をつけさせて、どこの誰がそんなことをさせているのか調べてみます」

幾松はそこから手を付けるしかないと思う。

「それでは早速、明日の朝からにします」

直助は怯えているお香のことを考えて少し焦っていた。事件になる気配がしないでもないのだ。お香は帯の後ろに短刀を隠し持っていて、戦うすべは心得ている密偵だ。

「何か起きてからでは手遅れになる。すぐ寅吉に見張らせます」

三人の話し合いはお香をつけ回す男を、寅吉が尾行して正体を突き止めることに決まった。

今できることはそれぐらいしかない。

翌朝、まだ暗いうちに寅吉はお香の長屋に向かって物陰に隠れた。

いつ、どこで現れるかわからない男を待つことにする。三人の話し合いのことは直助がお香の長屋を訪ねてすぐに伝えた。寅吉が尾行してくれると思うと少しは心強い。お香は快く三人の作戦を承知した。

いつものように白粉売りの格好で、長屋を出て近くのお元の店に向かった。

「おはよう」

「お香さん、寅吉が見張っていますから……」

「ありがとう、親分によろしくね」

挨拶だけして店を離れた。その時、歩き出したお香の後ろに若い侍が現れた。

「野郎、出やがったな！」

寅吉が若い侍から少し離れて追い始める。だが、この時、若い侍は寅吉の存在を知っていた。お香の長屋に寅吉が現れた時から捕捉していた。こういうこともあるだろうと若侍は警戒していたのだ。一枚も二枚も上を行く賢さだった。

そんなこととは思わない寅吉は尾行する。

お香は神田から日本橋に向かっていた。

いつもお香が見廻っている道順だった。日本橋を渡った若侍の姿が寅吉の前から消えた。

「消えやがったか？」

寅吉はあたりをキョロキョロしながら、若侍が消えたあたりまで来て思わず二歩、三歩と後ろに下がった。

「何んでわしをつけるんだ？」

若侍が寅吉の前に飛び出してきた。

「あッ、あのう、つけているわけではないので……」

「ふざけるなッ！」

いきなり若侍の拳骨《げんこつ》が寅吉の顔に炸裂《さくれつ》した。ひっくり返った寅吉が道端に転がった。

「喧嘩《けんか》だッ！」

通りすがりの男が叫んだ。

「なんだッ、その面は、やる気かッ！」

若侍が道端の寅吉を覗《のぞ》き込んで凄《すご》んだ。

「や、やらねえ……」

不意を突かれた寅吉は地べたを這《は》って逃げた。尾行が見破られていたとはドジなことだ。その騒ぎを聞きつけたお香が戻ってくると、すでに若侍はどこへともなく姿を消した。

そんな騒ぎの一部始終を商家の軒下から平三郎が見ている。

その平三郎にお香が気づいて小さく頭を下げ、何ごともなかったようにまた歩き出した。その後ろにどこからともなく若い侍が現れて再びお香を追い始めた。

平三郎はなかなかおもしろい男だと思う。

お香は江戸城の南を大きく回って四谷に出ると、牛込《うしごめ》あたりを歩き二、三軒で商いをして神田に戻ってきた。その途中で若い侍が消えた。

だが、その男がどこの屋敷に入ったか、平三郎はしっかりつきとめていた。そこは倉橋《くらはし》という大きな屋敷だった。

平三郎はすぐ何者の屋敷か近所を聞き回った。

幕府の作事方《さくじかた》で倉橋玄蕃之助《げんばのすけ》という旗本であることがわかった。

この頃、まだ作事奉行というものはなく、十一年後の寛永九年（一六三二）に老中支配で作事奉行が誕生する。二千石の旗本で二名だった。

作事方というのは信長の頃からあった役職である。

徳川幕府では六十四年後の貞享《じょうきょう》二年（一六八五）に設置される小普請奉行

や、それ以前にできた普請奉行とで下三奉行と呼ばれるようになる。この作事奉行の下役には京の大工頭、畳奉行、瓦《かわら》奉行、植木奉行、庭作方等々があり、無事に勤め上げると大目付や町奉行、勘定《かんじょう》奉行に昇進することができた。

倉橋家は大身の旗本なのだ。

なんでそんなところの侍がお香の後をつけ回すのか、平三郎にはまったく想像できないことだった。

その夜も神田明神のお浦の茶屋に直助と幾松が現れた。

「面目《めんぼく》ねえが、寅吉が尾行を気づかれて若い侍にぶん殴られました」

幾松が悔しそうに切り出した。さすがに平三郎はそれを見ていたとは言えないからうなずいただけで沈黙している。

「寅吉が気づかれるようでは相当なものだな」

直助が感心する。

「それも尾行して間もない日本橋を越えたあたりだというからなかなかのものだ」

「その若侍に気づいてわしも追ってみた」

「平三郎さんが？」

「うむ、その侍は牛込御門の倉橋という屋敷に入った」

「倉橋？」

「近所で聞いてみたんだが、作事方の倉橋玄蕃之助という旗本だそうだ」

「旗本の倉橋玄蕃之助さま？」

「そんな方がなんのためにお香さんを？」

幾松は白粉売りと大身旗本ではまったく話が合わないと思う。それは直助も平三郎も同じ考えだ。

「さすが神田明神の親分だ。頭が上がらねえや……」

寅吉が尾行に失敗しただけに幾松は助かったという顔で言う。

「それにしても大身旗本では手も足も出ない。どうしたもんかね？」

直助は困ったという顔だ。

「迂闊《うかつ》なことはできない。長野さまに相談されてはどうか？」

「まだ事件じゃないのに？」

幾松は不満そうだ。

「尾行されたとわかったのだから、動いてくるかもしれないと思うんだが？」

「そうだよ、幾松の親分、事件になってからでは厄介なことになる。相手は大身旗本だ。これはお奉行さましか手を出せねえな」

「そうか、大身旗本か……」

「明日の朝一番で奉行所に行ってくれるか？」

直助が幾松を急《せ》かした。

平三郎は厄介なことになりそうだと思った。おそらく、倉橋玄蕃之助がどこかで美人のお香を見初《みそ》めたのだと思う。玄蕃之助が幾つぐらいの男かわからないが、そういう話なら悪くないことだと考えた。

お香しだいでいい話ということになる。

その夜、幾松が奉行所に行くことで三人の話が決まった。吉と出るか凶と出るのか誰にもわからない。平三郎は勘でよい話ではないかと思うのだ。美人のお香にそんな幸運が巡《めぐ》ってきてもいいはずだ。

翌早朝、幾松は嫌がる寅吉にお香の長屋を見張れと命じて奉行所に向かった。

「ぶん殴られたあの野郎にまた会うかもしれないな……」

寅吉は短気そうなあの若侍を恐れている。

その寅吉がお香の長屋に着いてすぐだった。武家の女を乗せる立派な女駕籠《かご》が左右四人の侍に守られて、お香の長屋の路地に入ってきたが、その侍の中に例の短気な若侍がいた。

「なんだこりゃ……」

寅吉は長屋の物陰から見ている。出て行きたいが今度は殴《なぐ》られるだけで済むとは思えない。いきなり無礼者と言われて斬られるかもしれないと思う。寅吉は若い侍の拳骨の一撃に怯え、足が前に出ないのだ。

まだ薄暗くお香は身支度が終わって、朝餉《あさげ》の支度をしようとしているところだった。

「ご免！」

「はい！」

お香が戸を開けて顔を出した。

「それがしは旗本倉橋玄蕃之助さまの用人、松井権太夫《まついごんだゆう》と申しますが、お香さまでございましょうか？」

「はい、そうでございます」

「わが主人、玄蕃之助さまがお香さまとお話がしたいと申しますので、駕籠にてお迎えに上がりました。決して怪しい者ではございません。なにとぞ、そのままで結構でございますのでお乗りくださるように……」

「あのう……」

お香は怪しいものではないと言われても「はい、そうですか……」というわけにはいかない。困って侍たちを見回した。

「そのままでどうぞ……」

権太夫がお香を駕籠に乗るよう促《うなが》した。

「しばらくお持ちください」

平三郎が長屋の住人の後ろから声をかけて前に出た。

「そなたは誰だ？」

「はい、このお香さんの後見人で、神田明神の門前で茶屋をしております平三郎というものにございます」

「お香さまの後見人か？」

「はい……」

「後見人であればちょうど良い。そなたにも同道してもらいたい」

「どのようなご用の趣《おもむき》で？」

「それはわが主人、倉橋玄蕃之助さまに聞いてもらいたい」

「倉橋さまといいますと牛込御門の倉橋さまでございますか？」

「んッ、そなた屋敷を存じておるのか?」

権太夫は少し慌てた顔で、侍たちが急に警戒した。

「作事方の倉橋さまのお名前はお聞きしたことがございましたので……」

「そうか、それなら話が早い。その牛込御門の倉橋である。わしは用人の松井権太夫だ」

「そうでしたか、松井さま、このような立派な駕籠ではお香は乗れませんよ。歩いてまいりますのでお許し願いたいんですが……」

「そなた、武家ではないのか?」

「さすが大身旗本のご用人さま、ずいぶん昔のことになりますが、それがしは武田信玄さまの五男、仁科薩摩守信盛さまの家臣にございました」

「高遠城の仁科さまか?」

「はい、織田軍と戦い、死に損ないましてございます。古谷平三郎と申します。間もなく、殿のお傍にまいる所存にて……」

権太夫と侍たちが驚いた顔で平三郎を見ている。

「徒歩《かち》にて結構でございます」

「かたじけない。お香、支度をしてまいりましょうか……」

「はい！」

お香は長屋に引っ込むと、こざっぱりした着物に着替え、薄く化粧をして出てきたが見違える美人だった。

「それでは……」

お香は平三郎と並んで歩いた。寅吉は平三郎と目が合うと、小さく頭を下げ奉行所に駆けだした。それを若侍の乾右近《いぬいうこん》が見ている。自分が日本橋で殴った男だとすぐわかった。

寅吉が奉行所に駆け込んだ時、ちょうど幾松が半左衛門との話が終わって奉行所を出るところだった。

「寅吉ッ！」

「親分ッ、侍たちが迎えに来て平三郎親分とお香さんが、牛込の倉橋という旗本のところに向かいました！」

「なんだと……」

幾松が奉行所の門前から引き返して半左衛門と再度面会する。早朝から忙しい半左衛門なのだ。北町奉行所は筆頭与力の半左衛門の指揮で動いているともいえる。

「平三郎とお香が連れて行かれたというのか？」

「へい、駕籠で迎えに来たようですが、二人は駕籠には乗らないで歩いて行きました」

「その用人は何んの用か言っていなかったか？」

「用向きは屋敷でと……」

「そうか、相分かった。ここで待て！」

半左衛門が慌てて勘兵衛の部屋に向かった。既に朝餉を済ませた勘兵衛は着替えて登城の支度をしている。

「お奉行、平三郎とお香が倉橋玄蕃之助の屋敷に向かったそうですが？」

「平三郎が？」

勘兵衛は半左衛門から話を聞いて、幾松たちの話をみな知っていた。

「いかがいたしましょうか？」

「お澄、宇三郎と藤九郎を呼んでまいれ！」

「はい！」

裃《かみしも》をつけた勘兵衛が考えている。平三郎が一緒に行ったと聞いて手荒なことはしないとわかった。勘兵衛の考えも平三郎と同じように、倉橋玄蕃之助がお香を見初めたのだと思う。

それなら勘兵衛の望むところだ。

お香をいつまでも女密偵にしておく気はない。どこかに嫁に行かせようとお町の後を考えたこともある。甚四郎の後妻にお銀かお香か勘兵衛は迷ってお銀にしたのだ。

「半左衛門、倉橋家に行って平三郎は奉行所のご用聞き、お香は密偵であることを話して連れ戻し、正式にわしのところへ話を通せと伝えてまいれ。おそらく倉橋家の者は二人の正体を知らないで動いているのだ」

「畏《かしこ》まりました」

「ことを荒立てるな。倉橋玄蕃之助がお香に惚れたのだろう」

「やはり、そうではないかと思っていたのです。そうであればいいとも……」

「お香のためにな」

「はい！」

「おそらく、正室ではないだろうが、お香さえ嫌でなければ嫁がせてやりたい」

「やはり側室でしょうか？」

「そうかもしれんな……」

気の早い二人が話していると宇三郎と藤九郎が現れた。

「二人は急いで半左衛門と牛込まで行け、馬の支度をさせろ！」

「はッ！」

奉行所が急に騒がしくなった。三騎が先に奉行所を飛び出し、幾松と寅吉が後を追って行った。それからしばらくして勘兵衛の登城する行列が奉行所を出た。

お香には幸せになってほしいと願う。

「よく働いてくれたからな……」

第十九章　武家の定め

平三郎とお香が倉橋屋敷に到着すると広間に通された。

その部屋の入り口に番人のように乾右近が一人座っている。

しばらく待たされたが、用人の松井権太夫が出てきて、間もなく倉橋玄蕃之助が現れることを告げた。

それから間もなくだった。

袴《はかま》もつけず、普段のままの姿で倉橋玄蕃之助が現れた。

平三郎とお香が平伏する。

「古谷殿とお香殿、面《おもて》を上げてください」

若い声だ。

二人が顔を上げると玄蕃之助がニッと微笑んだ。平三郎は三十を過ぎたばかりだと見た。

「急に呼びだてして相すまぬ。お香殿に会いたかったのでな。許せ！」

「勿体《もったい》ないお言葉にございます」

お香は一目見て玄蕃之助を好きになった。爽やかな笑顔だ。

「古谷殿は後見人だと聞いたが？」

「はい……」

「一目惚れでも、好きになると会いたくて仕方なくなるものだ。勝手な言い分だが許せよ、お香？」

「は、はいッ！」

お香は真っ直《す》ぐ言われて急にドキドキした。

そこに玄蕃之助の家臣が広間に現れ話が中断した。家臣が権太夫の耳にささやくと慌てて玄蕃之助の傍にすり寄った。

権太夫が長野半左衛門と言ったのが漏れ聞こえた。それに玄蕃之助がうなずいた。すると玄蕃之助が平三郎に聞いた。

「二人に聞きたいが北町奉行所とかかわりがあるのかな？」

「はい、お奉行さまにお世話になっております」

「お香もか？」

「はい……」

「そうか、奉行所から二人のことで筆頭与力という者が来ているそうだ。先に会ってみるが何かあるか？」

「格別にはございませんが、よろしくお願いいたします」

「それではしばし待て、右近、二人に茶を持ってまいれ……」

「はッ！」

そう命じて玄蕃之助が立って行った。

半左衛門たち三人は別室に通されている。用人の権太夫が相手をしていた。そこに玄蕃之助が入って行った。

「初めて御意《ぎょい》を得ます。北町奉行所筆頭与力長野半左衛門と申します」

「うむ、後ろの二人は米津さまの内与力だな？」

「はッ！」

「それで、奉行所の趣は？」

「はい、倉橋さまのお屋敷に、ご用聞きの平三郎と密偵のお香が向かったとの知らせがありましたので、お奉行と相談の上、伺いましたしだいにございます」

「ご用聞きと密偵？」

「はい、どのような用向きか、お聞きしてくるようにとお奉行の命令にございます」

「さすが評判の米津さまだな、手回しが早い。それがしは二人がそのような仕事の者とは知らなかった。ご無礼をしてしまったようだな？」

「いいえ、それで倉橋さま、どのような趣でございましょうか？」

「それだが、改めて正式に米津さまへ申し入れた方がよいのではないか？」

平三郎とお香の正体に驚いた玄蕃之助だがニコニコと機嫌がいい。半左衛門は若いがなかなかの人物だと思った。

「なにとぞ、内々にお漏らしいただければ？」

「そうか、それなら率直に言おう。お香殿を側室にもらいたいということだ。急なことで駄目か？」

「いいえ、そういうことであれば、誠にめでたいことにて、そのようにお奉行にお伝えいたしまする」

「うむ、米津さまには正式に使いを出す、それでいいな？」

「はい……」

「今日はわざわざご苦労であった。米津さまにはご無礼を仕《つかまつ》ったと、くれぐれもよしなに伝えてもらいたい」

「畏まりました」

倉橋玄蕃之助がお香を調べさせたことで事件になった。奉行所の者をつけ回して調べさせたのだから、それに気づいて相当に警戒したと思われる。玄蕃之助は奉行所に迷惑をかけたと思う。

半左衛門たち三人を連れて玄蕃之助が広間に現れた。

「古谷殿とお香殿、今、長野殿から話は聞いた。当方から改めて米津さまに申し入れることになった。今日はお香と会えてうれしかった。お香、わしの家臣に気づいていたのであろう、驚いたのではないか？」

「いいえ……」

お香は若き旗本に心を奪われていた。つけ回されて怯えたことを忘れている。すべてを知っている傍の平三郎は笑いたいが、渋い顔でお香の戸惑いぶりを見ていた。玄蕃之助はどこでお香を見初めたと言わない。

「また会えるな？」

「はい……」

「権太夫、右近、北町奉行所の方々をお送りいたせ！」

そう命じて玄蕃之助が席を立った。あまりの出来事にお香は胸の動悸《どうき》が収まりそうにない。体がフワフワしているように感じる。

倉橋家の門前で馬に乗った三人に、平三郎とお香、幾松と寅吉が沈黙して後ろについた。

見送りに出た右近が寅吉を見てニヤリと笑う。

寅吉は思いっきりぶん殴られたのだから、憮然《ぶぜん》と頬を膨らませて「ふん！」と鼻を振った。

それから数日して、倉橋玄蕃之助の言葉通り人を立てて、正式にお香を側室に迎えたいとの話が勘兵衛に伝えられた。

お駒が鬼屋長五郎の嫁になって、その後を引き継ぐ形でお香は勘兵衛の女密偵になった。お香はお駒とは逆で物静かであまり目立たなかった。

それだけに密偵としては都合がよかった。そのお駒とお香は甲乙《こうおつ》つけがたい美形だった。

勘兵衛はお香を奉行所に呼んだ。

倉橋屋敷に行ってからのお香は気もそぞろで、仕事に出る気にもなれず長屋に引き籠っている。玄蕃之助に心の臓を射抜かれて、しっかり者のお香だが使いものにならなかった。心ここにあらずのお香は迂闊に長屋から出ると、路地のでこぼこに蹴躓《けつまず》いてひっくり返りそうなのだ。

そんなお香も勘兵衛からの呼び出しと聞くとしゃきっとなる。転びそうになりながら急いで奉行所に行くと、勘兵衛が困った顔でお香を待っていた。

「お香、困ったことになった」

顔を上げたお香は何事かと泣きそうな顔になった。

「そなた、倉橋玄蕃之助に嫁ぐと言ったのか？」

「はい……」

そんなことは言っていないのだが、お香はもうそのつもりだから素直に答えた。

「そうか、そなたもわしのところからいなくなるか？」

勘兵衛ががっかりした顔になった。

「申し訳ございません」

「昨夜、倉橋家から正式にそなたを側室に迎えたいとの話があった。承知していいのだな？」

「お奉行さま、勝手を言いまして申し訳ございません。ご恩は生涯忘れません」

お香は泣きそうになったがしっかり勘兵衛に挨拶した。

「うむ、そなたはわしの娘だ。倉橋殿はそのままできてくればいいというが、そうもいかないので喜与が少しばかりの支度をする」

「申し訳ございません」

「それにこれも倉橋殿からの申し出なのだが、そなたの身分は神田明神の平三郎こと、甲斐武田信玄の五男仁科薩摩守信盛が家臣古谷平三郎の娘としてということだ」

「お奉行さま……」

「武家というのは厄介でな、氏素性とか身分というものを大切にするものなのだ。甲斐武田家はもうないが徳川家と同じ源氏《げんじ》の名門だった。その身分で倉橋家に入ることになる。いいな?」

「はい……」

お香が倉橋玄蕃之助の側室に入る話は順調に進んで、勘兵衛は緊急の場合に使えと言って二百両をお香に渡した。

実は倉橋玄蕃之助の正室は病弱でまだ後継の子が生まれていなかった。

幕府は後継者のいない大名や、旗本の家は原則として潰すことにしているのだ。ということはお香に男子ができなければ倉橋家は廃絶になりかねない。家が潰れるということは、家臣たちは再仕官できなければ浪人になるということだ。浪人があふれているのだから、よほど太い縁故でもない限り、武家が再仕官することはほぼ不可能である。

倉橋家はその危機をお香によって解決しようとしたのだ。その期待に丈夫なお香は充分に応えられる。

女密偵として毎日江戸中を歩き回ったのだから身体は健全だった。

武家にはそれぞれ複雑な事情がある。

倉橋玄蕃之助がお香を見初めた裏にはそんな武家の都合も隠れていた。そんな武家のことなど知らないお香である。かえってそれがよかった。

丈夫なお香は玄蕃之助に愛されて、次々と子を産んで倉橋家の危機はたちまち解消してしまう。

この年、暮れも押し詰まった十二月十三日に、織田信長の弟織田有楽斎《うらくさい》長益《ながます》が京で死去した。享年七十五だった。

信長は織田信秀の三男、長益は十一男である。

京の本能寺《ほんのうじ》で信長が倒れた時、長益は三十六歳で信長の嫡男《ちゃくなん》中将信忠《のぶただ》と妙覚寺《みょうかくじ》にいた。

その信忠と二条城《にじょうじょう》に移って明智《あけち》軍と戦ったが、明智軍は一万三千の大軍、二条城の織田軍は千人にも満たなかった。

圧倒的不利な戦いの中で長益は、中将信忠に自害を勧め二条城は落城するが、この時、長益は織田一族として腹を切るべきだったが、信忠に自害を勧めておきながら二条城から逃亡、安土に現れたが明智軍に追われて岐阜に逃げる。

このことが長益の生涯の汚点になった。

京の人々に「織田の源五は人ではないよ、お腹召せ召せ、われは安土に逃げる……」と揶揄《やゆ》された。

以来、長益は臆病者と言われることになる。

信長と信忠が亡くなると長益は信長の次男織田信雄《のぶかつ》に仕え、豊臣秀吉、秀頼《ひでより》親子に仕《つか》え、徳川家康、秀忠親子と多くの主君に仕え、家康からは江戸の数寄屋橋《すきやばし》御門《ごもん》に屋敷を拝領した。

この地は明治になって有楽町《ゆうらくちょう》として有楽斎長益の名を残すことになる。

晩年の長益は所領を子どもたちに分け与え、隠居料一万石で京に隠棲《いんせい》し、茶の湯三昧《ざんまい》に生きることになった。

信長は四十九歳で亡くなり中将信忠は二十六歳で亡くなった。京から逃げた長益は七十五歳の長寿を得る。人の一生は不思議な人の運命とは複雑怪奇で実に面白

いといえる。

江戸だけでなく大阪や堺にも有楽町の名が残ったといわれる。

卑怯者、臆病者、人ではないとまで皮肉られた長益だが、人の一生は不思議な

もので大激動の信長、わがまま勝手な秀吉、手堅い家康の時代を、その主人公た

ちの傍にいてはっきりと見た数少ない一人となった。

その長益は多くを語らず、茶の湯の中にその悲劇を沈めて飲み干したのであ

る。

本能寺の大変から四十年が過ぎた。

この頃、江戸に出てきて勘兵衛に永の別れを告げて、伊那谷に帰った朝太郎が

寒さに耐えられず病を得た。

その朝太郎も年を越せなかった。

暮れも押し詰まって、あと数日で正月という夜、高遠城の戦いで一度は死んだ

朝太郎が、波乱万丈の余生を五郎山の麓で閉じた。その知らせが大晦日《おおみそか》に平三郎

の手に届いた。平三郎はいよいよ江戸を去る時がきたと思う。

愛するお浦や娘のお長、生まれたばかりの息子の平太郎と別れ、主君の眠る五郎山に帰らなければならない。

その日、平三郎は名刀孫六兼元を神田明神に奉納すると、急いで旅支度をして脇差《わきざし》だけを腰に差した。

「お浦、行ってくる……」

「うん、必ず戻ってきますね？」

お浦はもう平三郎と会えないのではないかという不安を感じた。

「必ず戻る」

「本当だからね？」

お浦が念を押すようなことはない。

平三郎はお長と平太郎の寝顔を見てから外に出た。

「もう正月なのに……」

「うむ……」

お浦が平三郎の手を握った。

「お浦、これは武家に生まれた者の定めなのだ。わかるな？」

「うん……」

お浦が小さくうなずいて平三郎を見た。

「お長と平太郎が……」

「うむ、しっかり育ててもらいたい」

「帰ってきて……」

「うむ……」

平三郎は中山道でもなく甲州街道でもなく、最も遠回りになるが雪の少ないだろうと思う東海道に向かった。

その夜、名残を惜しむように品川宿に泊まって除夜《じょや》の鐘《かね》を聞いた。

寒月の蛮

一〇〇字書評

切り取り線

購買動機（新聞、雑誌名を記入するか、あるいは○をつけてください）

- □（　　　　　　　　　　　　　　）の広告を見て
- □（　　　　　　　　　　　　　　）の書評を見て
- □ 知人のすすめで　　　　□ タイトルに惹かれて
- □ カバーが良かったから　　□ 内容が面白そうだから
- □ 好きな作家だから　　　　□ 好きな分野の本だから

・最近、最も感銘を受けた作品名をお書き下さい

・あなたのお好きな作家名をお書き下さい

・その他、ご要望がありましたらお書き下さい

住所	〒				
氏名		職業		年齢	
Eメール	※携帯には配信できません	新刊情報等のメール配信を 希望する・しない			

この本の感想を、編集部までお寄せいただけたらありがたく存じます。今後の企画の参考にさせていただきます。Eメールでも結構です。

いただいた「一〇〇字書評」は、新聞・雑誌等に紹介させていただくことがあります。その場合はお礼として特製図書カードを差し上げます。

前ページの原稿用紙に書評をお書きの上、切り取り、左記までお送り下さい。宛先の住所は不要です。

なお、ご記入いただいたお名前、ご住所等は、書評紹介の事前了解、謝礼のお届けのためだけに利用し、そのほかの目的のために利用することはありません。

〒一〇一－八七〇一
祥伝社文庫編集長　清水寿明
電話　〇三（三二六五）二〇八〇

祥伝社ホームページの「ブックレビュー」からも、書き込めます。
www.shodensha.co.jp/bookreview

祥伝社文庫

初代北町《しょだいきたまち》奉行《ぶぎょう》　米津勘兵衛《よねづかんべえ》　寒月《かんげつ》の蛮《ばん》

令和 7 年 1 月 20 日　初版第 1 刷発行

著　者　岩室忍《いわむろしのぶ》
発行者　辻　浩明
発行所　祥伝社《しょうでんしゃ》
東京都千代田区神田神保町 3-3
〒 101-8701
電話　03（3265）2081（販売）
電話　03（3265）2080（編集）
電話　03（3265）3622（製作）
www.shodensha.co.jp
印刷所　堀内印刷
製本所　積信堂
カバーフォーマットデザイン　中原達治

Printed in Japan ©2025, Shinobu Iwamuro　ISBN978-4-396-35099-4 C0193

祥伝社文庫の好評既刊

岩室 忍

信長の軍師 巻の一 立志編

誰が信長をつくったのか。信長とは、いったい何者なのか。歴史の見方が変わる衝撃の書、全四巻で登場！

岩室 忍

信長の軍師 巻の二 風雲編

吉法師は元服して織田三郎信長となる。さらに斎藤利政の娘帰蝶を正室に迎え、尾張統一の足場を固めていく……。

岩室 忍

信長の軍師 巻の三 怒濤編

今川義元を破り上洛の機会を得た信長。だが、足利義昭、朝廷との微妙な均衡に信長は最大の失敗を犯してしまう…。

岩室 忍

信長の軍師 巻の四 大悟編

武田討伐を断行した信長に新たな遺恨が……。志半ばで本能寺に散った信長が、戦国の世に描いた未来地図とは？

岩室 忍

天狼 明智光秀 信長の軍師外伝 ㊤

光秀と信長、同床異夢のふたりを分けた天の采配《さいはい》とは？ その心には狼が眠っている——明智光秀衝撃の生涯！

岩室 忍

天狼 明智光秀 信長の軍師外伝 ㊦

なぜ光秀は信長に弓を引いたのか。臨《りん》済《ざい》宗の思惑と朝廷の真意は？ 誤算ある結末に、光秀が託した〈夢〉とは！

祥伝社文庫の好評既刊

岩室　忍
家康の黄金　信長の軍師外伝
三河武士には無い才能で、家康に莫大な黄金をもたらせた、武田家旧臣の大久保長安。その激動の生涯を描く！

岩室　忍
本能寺前夜㊤　信長の軍師外伝
応仁の乱以降、貧困に喘ぐ世に正親町天皇は胸を痛めていた。大納言勧修寺尹豊は信長を知り、期待を寄せるが……。

岩室　忍
本能寺前夜◇下◇　信長の軍師外伝
上杉謙信亡き後、勧修寺尹豊は信長の行動を朝廷との訣別ととらえる――公家が見た信長を描く圧巻の書。

岩室　忍
初代北町奉行　米津勘兵衛①　弦月《げんげつ》の帥《すい》
家康直々に初代北町奉行に任じられた米津勘兵衛。江戸創成期を守り抜いた男を描く、かつてない衝撃の捕物帳。

岩室　忍
初代北町奉行　米津勘兵衛②　満月の奏《そう》
〝鬼勘〟と恐れられた米津勘兵衛とその配下が、命を懸けて悪を断つ！　本格犯科帳、第二弾。

岩室　忍
初代北町奉行　米津勘兵衛③　峰月《ほうげつ》の碑《ひ》
激増する悪党を取り締まるべく、米津勘兵衛は〝鬼勘の目と耳〟となる者を集め始める。

祥伝社文庫の好評既刊

岩室　忍

初代北町奉行　米津勘兵衛④

雨月《うげつ》の怪《かい》

江戸に大鳥逸平という途方もない傾奇者が現れる。しかも、勘兵衛の息子が仲間と発覚、家康の逆鱗に触れ……。

岩室　忍

初代北町奉行　米津勘兵衛⑤

臥月《がげつ》の竜《りゅう》

豊臣家を討ち勝利に沸く江戸には多くの人々が上方から流入してきた。勘兵衛は更なる治安の維持を模索する。

岩室　忍

初代北町奉行　米津勘兵衛⑥

荒月《こうげつ》の盃《はい》

十万両を盗んだ大盗の頭が足を洗うと宣言。その証拠に孫娘を北町の同心の嫁に差し出してきたのだが……。

岩室　忍

初代北町奉行　米津勘兵衛⑦

城月の雁《がん》

盗賊を尾行するも、家族を人質をとられ追跡を断念した北町奉行所。勘兵衛は、一味の隙にくさびを打ち込む。

岩室　忍

初代北町奉行　米津勘兵衛⑧

風月《ふうげつ》の記《き》

北町奉行所を困惑させる書状が届いた。伊勢の北畠家ゆかりの者からだった。勘兵衛は乞われるまま密会をするが……。

岩室　忍

初代北町奉行　米津勘兵衛⑨

水月《すいげつ》の箏《そう》

警備厳重な商家を狙い、千両あっても十両だけ盗む錠前外しの天才盗賊が現れた。勘兵衛は仰天の策を打つが……。